SAUERLÄNDER

© Gabi Waldmann

Uticha Marmon wurde 1979 in Berlin geboren. Sie studierte Dramaturgie, Verglei-
chende Literaturwissenschaft und Päda-
gogik und hat danach am Theater und in
Verlagen gearbeitet. Heute lebt sie in Ham-
burg und arbeitet freiberuflich als Drama-
turgin, Lektorin und Autorin. Ihr Kinderbuch »Mein Freund
Salim« über einen syrischen Flüchtlingsjungen wurde 2016
mit dem Leipziger Lesekompass ausgezeichnet.

*Weitere Informationen zum Kinder- und Jugendbuchprogramm
der S. Fischer Verlage finden sich auf www.fischerverlage.de*

UTICHA MARMON

ALS WIR ADLER WURDEN

SAUERLÄNDER

Das Hörbuch zu diesem Buch ist im Argon Verlag, Berlin, erschienen und im Buchhandel erhältlich.

Aus Verantwortung für die Umwelt hat sich der S. Fischer Verlag zu einer nachhaltigen Buchproduktion verpflichtet. Der bewusste Umgang mit unseren Ressourcen, der Schutz unseres Klimas und der Natur gehören zu unseren obersten Unternehmenszielen.

Gemeinsam mit unseren Partnern und Lieferanten setzen wir uns für eine klimaneutrale Buchproduktion ein, die den Erwerb von Klimazertifikaten zur Kompensation des CO_2-Ausstoßes einschließt.

Weitere Informationen finden Sie unter: www.klimaneutralerverlag.de

Erschienen bei FISCHER Sauerländer

© 2020 Fischer Kinder- und Jugendbuch Verlag GmbH, Hedderichstraße 114, D-60596 Frankfurt am Main
Umschlaggestaltung: Norbert Blommel, MT-Vreden unter Verwendung einer Illustration und eines Titelschriftzugs von Regina Kehn
Satz: Pinkuin Satz und Datentechnik, Berlin
Druck und Bindung: CPI books GmbH, Leck
Printed in Germany
ISBN 978-3-7373-5707-4

Dass wir wieder werden wie Kinder, ist eine unerfüllbare Forderung. Aber wir können zu verhüten versuchen, dass die Kinder so werden wie wir.

Erich Kästner

Ich bin ein Adler! Endlich. Sie sagen, bei den Adlern geht es vor allem darum, zusammenzuhalten. Abenteuer zu erleben. Den Menschen zu helfen, die sich selbst nicht helfen können. Ist das nicht toll? Die Leute in unserer Straße freuen sich, wenn wir kommen. Wenn wir da sind, während sie ihren Bohnenkaffee trinken. Wenn wir ihnen die Einkäufe erledigen. Wenn wir ihr kaputtes Fenster reparieren. Gestern haben wir zum Beispiel die Druckerei besucht. Wir hatten Äpfel, zusammen mit den Königskindern, vom Baum in Königs kleinem Garten geholt und sie verteilt. Die Idee dazu hat Otto gehabt. Er hat immer die besten Ideen von uns allen. Außerdem lernen wir so vieles, was uns nützlich sein könnte. Seile knoten. Feuer machen. Wir gehen schwimmen, fahren mit den Rädern raus, erleben Abenteuer! Vor allem aber sind wir eine eingeschworene Gemeinschaft. Freunde für immer. Wir Adler, aber allen voran Otto und ich. Ja, das will ich!

Adlermorgen

»Happy Birthday to you!«, drängelte es sich vielstimmig in Janniks Traum. »Happy Birthday to you! Happy Birthday, Jannik und Loni! Happy Birthday to you!«

Jannik blinzelte verschlafen. Und auch Loni auf der Matratze neben seinem Bett bekam die Augen noch nicht richtig auf. Bis spät in die Nacht hatten sie an ihrem nächsten Spielzug gegen die Krakenköpfe gefeilt.

»Los, pustet die Kerzen aus!«, rief Mama.

»Aber alle auf einmal!«, wies Opa Paul an.

»Und was wünschen!«, lachte Lonis Mutter Hanne.

Papa und Bo sagten nichts. Und Oma Marianna lächelte nur ihr strahlendes Oma-Lächeln. Alles wie immer, dachte Jannik glücklich. Er wusste exakt, was er sich wünschen würde.

Loni gähnte. Es war wirklich spät gewesen.

»Zusammen!«, sagte Mama.

Gemeinsam beugten sie die Köpfe über den Kuchen. Eine Hälfte mit heller, eine mit dunkler Schokolade überzogen. Hell für Loni, dunkel für ihn. Innen drin war es genau andersrum. So, wie sie es beide am liebsten mochten.

»Eins«, sagte Jannik.

»Zwei«, sagte Loni.

»Drei«, sagten sie zusammen. Dann pusteten sie, mit geschlossenen Augen. Und Jannik wünschte sich, dass alles so bleiben sollte, wie es gerade war. Als er die Augen öffnete, stieg ihm der Qualm hinein. Alle Kerzen waren aus. Bis auf eine.

»Und jetzt: Auspacken!« Bo pustete die widerspenstige Kerze aus und stellte den Kuchen auf Janniks Nachttisch. Dann überreichte er Loni und ihm sein Geschenk. Bos Geschenk war immer das erste, das sie bekamen. Und es war nie verpackt. Verpackung war Müll. Müll war umweltschädlich. Und Bo sorgte sich um die Umwelt. Also verpackte er seine Geschenke nicht.

Sie bekamen ein Buch, ein Notizbuch. Ein Adler prangte auf dem Deckblatt. Er hatte die Schwingen ausgebreitet und die Krallen gespreizt, als wäre er im Anflug auf seine Beute.

»Hast du den gemalt?«, fragte Jannik überflüssigerweise.

Sein großer Bruder war schon immer gut im Zeichnen gewesen. Loni nahm ihm das Buch aus der Hand. »Natürlich hat Bo den gemalt«, sagte sie.

»Warum ein Adler?«, wunderte sich Jannik.

»Schlag es auf«, sagte Bo zu Loni.

Loni öffnete das Buch und las, leise.

»Was steht denn drin?«, wollte Jannik wissen. Neugierig schob er sich neben sie.

»Die Adler kamen nicht plötzlich, nicht über Nacht«, las er

vor. »*Sie erschienen langsam, einer nach dem anderen. Waren sie gut? Waren sie böse? Man wusste es nicht. Erst versteckten sie sich und waren sehr vorsichtig. Doch als sie merkten, dass niemand sie vertrieb, ja im Gegenteil, dass sie von einigen sogar gerne gesehen waren, da blieben sie. Und es wurden immer mehr. Vielleicht sagten aber deswegen später so viele, sie hätten es nicht mitbekommen. Vielleicht ...*« Er sah Bo an. »Was bedeutet das?«, fragte er.

Bo wischte sich die ampelbunt gefärbten Haare aus der Stirn. Sie fielen sofort zurück. »Das bedeutet, dass ihr jetzt elf seid.«

»Hä?«, machte Loni.

»Ihr seid groß. Keine Kinder mehr, die Aliens wie den Krakenköpfen nachjagen«, erklärte Bo.

»Das ist eine gute Neuigkeit«, ging Mama lachend dazwischen. »Also, wer hat alles Frühstückshunger?«

»Ich, und zwar einen riesigen«, sagte Opa Paul.

»Na, dann los. Wer in fünf Minuten nicht am Tisch sitzt, muss den ganzen Tag die Küche aufräumen. Das gilt auch für Geburtstagskinder!«

Alle stürmten los. Der Tisch im Wohnzimmer war bereits gedeckt. Es gab Rührei und Müsli, Toast und Wurst, Käse und Pudding. Papa saß als Letzter auf seinem Stuhl.

»Papa muss!«, rief Jannik, und alle lachten. Dabei war es sowieso klar gewesen, weil Papa am Wochenende immer die Küche aufräumte.

11

Jannik und Loni futterten, als hätten sie seit Tagen nichts mehr zu essen bekommen. Zwischendurch packten sie alle anderen Geschenke aus. Bücher, ein neues Brettspiel, ein Pulli für Loni, einer für Jannik und eine im Dunkeln leuchtende Sternenkarte für beide. Alles tolle Sachen, doch als Jannik zum Abschluss des Frühstücks den Geburtstagskuchen anschnitt, musste er endlich auf Bos Geschenk zurückkommen.

»Wie meinst du das, wir sind keine Kinder mehr?«

Bo biss in ein Stück Kuchen von Lonis Seite.

»Krakenköpfe, Weltraumschlachten«, sagte er kauend. »Das ist cool, klar. Aber wird euch das nicht mal langweilig?«

»Nö«, sagte Loni. »Wir haben gerade erst den nächsten Spielzug geplant.« Und das war ziemlich kompliziert gewesen.

»Und dann?«, fragte Bo. »Wenn ihr den gespielt habt?«

»Dann haben wir die Krakenköpfe besiegt.«

»Und nach den Krakenköpfen?« Bo ließ nicht locker. Worauf wollte er hinaus?

»Dann kommen andere.«

»Und immer wieder andere und andere. Aber es bleibt immer dasselbe«, sagte Bo und wischte wieder die grüne Strähne beiseite, die ihm andauernd ins Gesicht fiel. Sie rutschte sofort zurück. »Ich glaube, ihr braucht mal ein bisschen Abwechslung.«

12

»Ich auch.« Mama grinste. »Ich brauche dringend Abwechslung von euren Aliens.«

Papa und Janniks Großeltern lachten, und Hanne kicherte leise. Jannik seufzte. Die Erwachsenen hatten das mit den Rollenspielen noch nie verstanden, auch nicht bei Bo. Dass sein 17-jähriger Bruder alle zwei Monate ein Wochenende lang mit einer Gruppe von Leuten irgendwohin reiste, um auf einer Burg oder in einem Wald jemand zu sein, der er nicht war und der in einer anderen Zeit als ihrer lebte, das konnten sie sich einfach nicht vorstellen. Sie hielten es für Theater. Oder, noch schlimmer, für so eine Art Kleinkinder-Räuber-und-Gendarm-Spiel. Aber das war es nicht. Jannik wusste ganz genau, was Bo daran fand. Es machte riesigen Spaß. Für die Zeit, in der man in die ausgedachte Figur schlüpfte, war man sie. Voll und ganz. Und all diese Figuren hatten eine Geschichte. Gemeinsam mussten sie Rätsel lösen, gegen Feinde kämpfen, Abenteuer erleben.

Schon immer hatte Bo ihnen Geschichten erzählt. Zuerst waren sie bevölkert von Igeln, Mäusen, Amseln und Wurzelzwergen aller Art. Eines Tages dann hatte Bo den ersten Alien eingebaut. Das war, als er selbst anfing, sich mit Planeten zu beschäftigen, und jeden Nachmittag Schülerjobs machte, um sich ein Zimmer-Teleskop zusammenzusparen. Zuerst waren es nur friedliche Besucher gewesen. Und nur Loni und er. Dann war irgendwann das erste feindlich gesinnte Wesen in den Geschichten aufgetaucht, und ungefähr zur selben Zeit kamen Elias, Pinar und Kai dazu. Sie wohnten auch in ihrer Straße. Janniks Eltern waren mit denen von Elias befreundet, und Elias' Vater, Klaus König, gehörte das Haus, in dem Jannik und Loni wohnten. Dieses und noch einige andere in der Straße. Sie nannten sie die »Königshäuser«. Elias' Vater selbst hieß nur »Der König«. Pinar wohnte ein paar Nummern weiter, ebenfalls in einem Königshaus. Und Kai lebte in der Wohnung unter Pinar.

Dass sie die Geschichten von Bo nachspielten, war eines Tages einfach so losgegangen. Es war der Zeitpunkt gewesen, an dem sie sich hatten entscheiden müssen. Fanden sie es peinlich, immer noch bei Janniks großem Bruder auf dem Teppich zu sitzen und sich Geschichten anzuhören? Oder war es cool? Es war auch der Zeitpunkt gewesen, als Bo selbst mit den Rollenspielen angefangen hatte. Erst mit ein paar Freunden aus seiner Schule, später dann an den Wochenenden. Also hatten sie beschlossen, das auch zu machen. Und sie waren konsequent. Ihren Treffpunkt nannten sie den Mars. Ihre Straße war fortan die Milchstraße. Und seitdem hatten sie in der Milchstraße schon unzählige Aliens gefangen. Ganz plötzlich hatten auch ihre Eltern und die Nachbarn begonnen, von der Milchstraße zu sprechen. Das passte, fanden alle, denn die Milchstraße war wirklich so etwas wie eine ganz eigene Galaxie.

Während seine Eltern und Großeltern es sich mit Hanne

auf dem Sofa gemütlich machten, kam Jannik auf das Wesentliche zurück.

»Was können die Adler?«, fragte er. Denn das war das Wichtigste bei den Rollen. Was konnten sie? Worin waren sie besser als alle anderen im Spiel?

»Das werdet ihr dann schon sehen«, sagte Bo und grinste geheimnisvoll.

»Wann?«, fragte Loni.

»Wenn ihr spielt.«

Und damit hatte er es geschafft. Jannik merkte, wie die Neugier in ihm hochstieg. Auf neue Rollen. Auf eine neue Welt.

Neue Welt

»Los geht's!«, rief Loni plötzlich und sprang auf. Sie rannte zurück in Janniks Zimmer, und bevor Jannik kapiert hatte, was los war, kam sie angezogen wieder heraus. Da endlich fiel der Groschen.

»Boah, Loni«, rief er und beeilte sich nun ebenfalls. Im Schlafanzug konnte er wohl kaum los. Aber er durfte auch nicht zulassen, dass Loni die Erste auf dem Mars war. »Du bist echt eine Plage! Wer hat dich eigentlich hier reingelassen?«

»Du«, sagte Loni ungerührt, während sie sich die Schuhe anzog. »Beziehungsweise ihr alle. Die gesamte Familie Adler. Vor elf Jahren. Kommst also ein bisschen zu spät, falls du dich beschweren willst.«

Loni lief zur Tür und verschwand aus dem Zimmer. Ihre Locken wippten, wie immer, wenn sie lief.

»He, wo willst du hin?«, rief Jannik, während er, einbeinig in der Jeans steckend, hinter ihr herhüpfte. Dabei wusste er es genau.

»Ich«, sagte sie, »gehe jetzt die anderen treffen. Keine Ahnung, was du machst.« Sie grinste, wedelte mit dem Adlerbuch, und schon war sie zur Wohnungstür raus. Jannik

16

hörte, wie sie die Treppe hinunterlief, dann schlug die Haustür zu. Jetzt musste er sich wirklich beeilen, denn Loni durfte Elias, Kai und Pinar auf gar keinen Fall alleine von den Adlern berichten. Hastig kehrte er in sein Zimmer zurück und zog sich fertig an.

»Tschüss, bin weg!«, rief er kurz darauf durch den Flur.

»Stopp«, kam es als Antwort aus der Küche, dicht gefolgt von Janniks Mutter, die eine Tüte in der Hand hielt.

»Mama«, drängelte Jannik. »Ich muss los, die anderen warten schon.«

Janniks Mutter verkniff sich ein Grinsen. »War Loni also wieder schneller«, stellte sie fest. Dann drückte sie ihm die Tüte in die Hand.

»Geburtstagskuchen für alle«, sagte sie. »Wer auf fremden Planeten unterwegs ist, um die Menschheit zu retten, darf keinen leeren Magen haben. Und jetzt geh schon.«

Jannik warf ihr ein halbes Lächeln zu, während er in die Sneakers schlüpfte. Mama dachte immer voraus. Allerdings nicht ganz uneigennützig, das wusste Jannik. Sie würden spätestens in zwei Stunden Hunger bekommen und in Janniks Küche einfallen, denn seine Mutter machte einfach die weltbesten Stullen. An Samstagen aber hatte Mama ihren Freundinnentag und konnte keine fünf Raumfahrer dort brauchen. Denn meistens saßen dann Pinars und Elias' Mütter und Susanne Wilke aus der Nummer 9 in der Küche und redeten. Manchmal, wenn sie Zeit hatten, waren auch

Luisa und Hanne dabei. Meistens aber musste Kais Mutter in ihrem Café nach dem Rechten sehen, und Hanne arbeitete sowieso fast immer, weshalb Loni ja auch seit jeher mehr bei Jannik lebte als bei Hanne. Wegen ihres Freundinnentags hatte Janniks Mutter also vorgesorgt.

»Tschüss«, sagte Jannik noch einmal, hängte sich die Tüte ans Handgelenk und sah zu, dass er wegkam.

Als er vors Haus trat, empfing ihn, wie an jedem anderen Tag, das Geräusch der Druckerei am Ende der Straße. Die Druckmaschinen standen fast nie still, ihr leises Brummen war die Musik, die das Leben in der Milchstraße begleitete. Das Tor für die Angestellten befand sich genau neben Luisas Café.

Der Weg zum Mars führte dort allerdings nicht vorbei. Er war, entgegen allen naturwissenschaftlichen Erkenntnissen, nicht weit. Jannik musste nur zwei Häuser weiter, in die Milchstraße Nummer 4. Im ersten Stock wohnte Elias. Aber dorthin wollte Jannik nicht. Er lief durch die Hintertür in den Garten. Das war anders als bei ihrem Haus. Es war auch anders als bei allen anderen Häusern in der Milchstraße. Die hatten nur Hinterhöfe. Den Garten der Nummer 4 hatte der König sich extra anlegen lassen, als er das Haus gekauft hatte und in die Wohnung im ersten Stock eingezogen war. Im Erdgeschoss hatte er sein Büro, von dem aus er seinen Besitz verwaltete.

Jannik öffnete die Tür. Sie quietschte leise. Durch den Spalt spähte er hinaus. Der Garten lag verlassen da. Kurz überlegte er, ob das vielleicht eine Täuschung war und irgendwo feindlich gesinnte Krakenköpfe auf der Lauer lagen. Es war sogar ziemlich wahrscheinlich an einem Samstagvormittag. Aber dann dachte er wieder an die Adler und dass Loni ihm womöglich zuvorkam.

Er hatte keine Wahl. Mit einem Ruck öffnete er die Tür ganz und trat auf den Rasen. Hatten sich die Bäume am anderen Gartenende bewegt? Nein, das war nur der Wind gewesen. War da ein Geräusch? Ach, bloß das Signal, dass sich bei der Druckerei das Tor öffnete. Jannik sprintete los.

Er rechnete mit einem Angriff. Wenn der kam, würde es heikel werden, Freund von Feind zu unterscheiden. Die Aliens tarnten sich neuerdings in Menschengestalt. Rasch näherte er sich den Bäumen. Noch immer war es still. Jannik spähte zum Haus zurück. Waren sie doch drin und lauerten hinter den Fenstern? Nein. Die waren leer. Wie dunkle Augen schienen sie auf ihn herabzuglotzen. Das ganze Haus war ein vieläugiger Zuschauer.

»Du bist echt ein Schisser, Jannik Adler«, schimpfte er sich selbst.

Er hatte die Bäume erreicht und duckte sich in den Schatten, den das dichte Blätterdach warf. Noch immer rührte sich nichts. Lauerten sie dort oben und hielten die Luft an? War Loni überhaupt schon da?

Da war die Leiter. Sollte er hinaufklettern und riskieren, ihnen direkt in die Falle zu gehen?

Elias hatte das Baumhaus zum achten Geburtstag bekommen. Es war eine Überraschung gewesen. Immer wenn Elias in der Schule war, hatte der König heimlich daran gearbeitet. Um sicherzugehen, dass sie es auch nachmittags nicht entdeckten, hatte er ihnen gesagt, sie dürften nicht zwischen den Bäumen spielen. Ein Fuchs habe dort seit kurzem seinen Bau und es sei zu gefährlich für sie. Sie hatten ihm geglaubt. Alle, bis auf Loni. Die hatte nachgelesen, ob Füchse wirklich so nah bei den Menschen wohnten. Sie taten es nicht. Gefährlich waren sie normalerweise ebenso wenig. Aber das hatte sie ihnen umsonst immer wieder erklärt. So war die Überraschung gelungen, und Elias hatte das Baumhaus tatsächlich erst an seinem Geburtstag entdeckt.

Sie waren noch am selben Nachmittag mit Sack und Pack dort eingezogen. Seitdem war es ihr Hauptquartier.

Jannik kletterte die Leiter hoch. Langsam, leise. Er traute sich kaum zu atmen. Das war es, wodurch sich die meisten Angreifer verrieten. Der Atem. Denn der kündigte sie an, ganz egal, wie leise sie sonst waren. Oben angekommen, guckte Jannik nicht nach unten. Der Mars lag nicht besonders hoch, aber hoch genug, um zittrige Knie zu kriegen. Die anderen kletterten die Leiter immer hinauf, als wäre es nichts. Jannik mochte sie nicht. Aber er musste, wie hätte er sonst den Mars beschreiten können? Er wartete einen

Augenblick. Die Planetenkugeln des Vorhangs am Eingang schaukelten im Wind. Sie waren wie die Leuchtsterne über seinem Bett. Ein Überbleibsel aus der Zeit, als alles angefangen hatte.

Jannik überlegte, was er tun sollte. Die Plastikplaneten klapperten beim Hindurchgehen. Spätestens dann würde er sich also auf jeden Fall verraten. Er kletterte auf die Plattform vor dem Eingang. Noch immer geräuschlos, noch immer auf alles gefasst. Wie weiter? Er krabbelte auf allen vieren voran, linste durch den Vorhang. Auf dem Mars war es dunkel. Jetzt war der Moment gekommen, es blieb ihm nichts anderes übrig, als nachzusehen. Langsam streckte er die Hand aus und schob den Vorhang beiseite. Im säuberlich aufgefädelten Weltraum tat sich ein schwarzes Loch auf. Venus, Pluto, Jupiter und eine Reihe kleiner Sterne kollidierten miteinander. Das Weltall zog sich zusammen und beschwerte sich laut klackernd. Er rappelte sich auf und trat mit einem entschlossenen Schritt hindurch.

»Ha!«, brüllte er. Überrumpeln war immer die beste Taktik, wenn man vielleicht dabei war, in eine Falle zu tappen. »Stellt euch!«

Doch der Mars war leer. Durch die Ritzen zwischen den Holzlatten der Wände fiel Licht herein und malte ein Schottenkaro auf den Boden. Oder Gitterstäbe, dachte Jannik.

Die Kisten mit all ihren Sachen, die zusammengerollten Schlafsäcke für die Sommernächte, die sie hier verbrachten, ein paar leere Limoflaschen, alles war da, wo es sein sollte. Das war entscheidend. Auch wenn der Mars aussah wie ein einziger großer Verhau, Jannik kannte den Platz jedes einzelnen Teils, das sie hier oben abgestellt hatten. Und es sah nicht so aus, als wäre gerade erst jemand hier gewesen. Selbst die Hängematte in der Mitte des kleinen Raums hing bewegungslos herab.

Jannick lauschte. Bloß das Knistern der Kuchentüte an seinem Handgelenk und das leise Kratzen, wenn die Äste des Baumes im Wind an den Wänden entlangschrappten.

»Wo seid ihr?«, rief er. Seine Stimme klang viel zu laut in der Stille ihres geheimen Planeten. »Zeigt euch, ihr Krakenköpfe! Ich werde euch zur Strecke bringen.«

Rummmms!

Ein Geräusch, so laut wie ein Donner, ließ Jannik zusammenfahren. Er drehte sich um, aber es war niemand da.

Rummmms!

»Wo seid ihr?«, jetzt brüllte er. Es gelang ihm nicht, die Angst in seiner Stimme zu unterdrücken. Fehlte bloß noch, dass er piepste wie eine Maus.

»Hier!«, donnerte jemand. Das kam von oben. Jannik guckte zur Decke.

Rummmms!

Das Geräusch kam ebenfalls von oben. Wie waren sie denn …? Jannik ließ die Kuchentüte fallen und sprang zum Eingang. Aber die Leiter war weg.

»Was soll das?«, rief er. »Das ist nicht witzig!«

»Ha! Wer ist jetzt der Feigling?«, donnerte die Stimme erneut. Hier draußen, ohne von dem Wellblechdach des Mars gedämpft zu sein, klang sie verdächtig nach Elias.

Jannik lehnte sich hinaus, aber er konnte nichts sehen.

»Elias!«, rief er. »Lass das!«

Er guckte nach unten. Die Leiter lag im Gras neben dem Baum.

»Okay, dann springe ich jetzt!«, rief Jannik. Natürlich würde er den Teufel tun, der Baum war viel zu hoch, da würde er sich alle Knochen brechen. Aber es wirkte. Augenblicklich hörte Elias auf, das Dach als Trommel zu benutzen, und wie aus dem Nichts tauchten Loni, Kai und Pinar unten auf.

»Aha!«, rief Jannik ihnen zu. »Eine Meuterei.«

»Los, das reicht«, sagte Loni.

Pinar und Kai hoben die Leiter an und stellte sie wieder auf. Und in diesem Moment erschien Elias' Gesicht oberhalb des Eingangs. Er lag bäuchlings auf dem Dach, ließ den Kopf nach unten hängen und grinste Jannik an.

»Na, hatte da wohl jemand Muffensausen?«

»Denkste«, sagte Jannik.

Elias grinste ihn so breit an, dass er lachen musste. Was für ein Hasenfuß er doch war. Die Leiter wackelte, und Kai kletterte ins Baumhaus.

»Du wolltest nicht wirklich springen«, sagte er.

»Und wenn doch?«, fragte Jannik.

»Das hättest du dich nicht getraut.« Loni erschien auf der Leiter.

»Vielleicht ja schon«, sagte Jannik, und als Pinar sich zu ihnen gesellte, fügte er hinzu: »Ich heiße Adler, schon vergessen? Tja, und Adler können fliegen.«

»Du bist ein Adler?« Elias, immer noch kopfüber, sah ihn zweifelnd an. »Ich habe noch nie einen Adler gesehen, der so viel Schiss vor allem hat wie du. Das mit deinem Nachnamen muss ein Versehen sein.«

Jannik sah zu Loni. »Fragt doch Loni. Die hat den Beweis, dass ich für das nächste Abenteuer mehr als bereit bin.«

»Ach ja, habe ich den?« Loni guckte, als hätte sie nicht die geringste Ahnung, wovon er sprach.

»Und wie du den hast. Los, Leute, holt ihn euch!«

Und damit hatte er den Spieß umgedreht. Denn augenblicklich stürzten Kai und Pinar sich auf Loni und kitzelten den Beweis aus ihr heraus.

»Hilfe«, rief Loni, die schrecklich kitzelig war. »Stopp, stopp! Ich gebe auf.«

Die anderen ließen von ihr ab, und Loni zückte das Notizbuch.

»Was ist das?«, fragte Pinar.

»Das …«, begann Jannik. »Das sind die Adler. Kommt her und staunt!«

24

»Noch mehr Adler?« Elias schwang sich vom Dach zu ihnen herein. »Also, einer reicht mir.« Er rempelte Jannik an. Jannik boxte zurück. Nichts davon tat weh.

»Die Adler sind die Zukunft«, sagte er bedeutungsvoll.

»Hä?«, machte Kai, rückte aber neugierig näher. Zufrieden ließ Jannik sich in die Hängematte fallen. Das lief genauso, wie er es sich ausgemalt hatte.

»Jetzt sag schon.« Pinar ließ sich neben ihn fallen und griff nach dem Notizbuch. Schnell zog Jannik es weg.

»Die Adler …«, begann er wieder, »werden die Aliens ablösen.«

»Warum?«, fragten Kai, Pinar und Elias im Chor.

»Weil wir keine Kinder mehr sind, sagt Bo.« Loni machte es sich auf dem Sitzsack in der Ecke bequem.

»Und Aliens sind kindisch?«, fragte Kai. Er wollte empört klingen, doch er konnte die Aufregung nicht verbergen.

»Das hat Bo nicht gesagt«, lenkte Jannik ein.

»Aber ich mag die Aliens«, sagte Elias.

»Du kennst die Adler noch nicht«, sagte Jannik.

Feierlich schlug er das Notizbuch auf und las ihnen den Anfang der Geschichte vor.

»Und weiter?«, fragte Elias sofort, als er geendet hatte.

»Weiter nichts«, sagte Loni. »Das werden wir erfahren, wenn wir die Adler spielen. Sagt Bo.«

»Aber ich kenne mich mit Adlern gar nicht aus«, warf Pinar ein. »Mit dem Weltraum schon.«

Auch Kai schien nicht begeistert. »Ist das so 'ne Öko-Welt? Wäre ja typisch Bo.«

Das stimmte. Bo hatte nicht bloß was gegen Müll. Er hatte sich schon für den Umweltschutz engagiert, bevor alle anderen damit angefangen hatten. Einmal die Woche ging er dafür zu einem Treffen einer großen Umweltorganisation. Da planten sie dann Aktionen. Manchmal stellten sie sich bloß in die Fußgängerzone und verteilten Infozettel, auf denen die Leute nachlesen konnten, wie sie umweltbewusst einkaufen konnten oder solche Dinge. Aber es gab auch Aktionen, von denen Bo seinen Eltern nichts erzählte. Zum Beispiel, wenn seine Gruppe und er sich mit Fahrradschlössern an die Gleise irgendeiner Bahnstrecke ketteten, damit ein Zug nicht durchkam, der radioaktives Material geladen hatte. Aber Jannik wusste Bescheid. Und Loni.

»Nein, das ist keine Öko-Welt«, widersprach Jannik Kai, obwohl er es selbst noch gar nicht sicher wusste. Er blätterte um.

Auf den nächsten Seiten waren eine Menge Informationen über Adler zu finden. Welche Arten es gab. Was sie so besonders machte. Jannik hatte nicht gewusst, wie toll sie waren. Sie konnten unglaublich hoch fliegen, sahen gestochen scharf, waren ausdauernd, hatten Kraft und waren vor allem nicht zähmbar wie andere Vögel.

Die Welt der Adler war auch die der Ritter, der Könige,

der Armeen. Jeder, der etwas auf sich hielt, hatte früher den Adler in seinem Wappen getragen, sogar schon die römischen Legionäre. Ein herrschaftliches Tier. Und das gab ihnen Bo nun als neue Welt für ihre Spiele. Was für eine super Idee!

»Also, ich weiß schon genau, was ich sein werde«, sagte Jannik, dabei hatte er eigentlich mindestens fünf Figuren im Kopf, die er toll fand.

»Ach ja, und was?«, fragte Elias.

»Ein Raubritter vielleicht?«, erklärte Jannik. Elias' Augen funkelten. Er hatte angebissen.

»Ich könnte ein einsamer Waldläufer sein, der sich einen Adler zum Freund gemacht hat«, überlegte Loni.

»Ich weiß nicht«, sagte Kai. Er war noch nicht überzeugt.

»Kai, guck doch mal.« Jannik schob ihm das Notizbuch hin. »Die Jagd auf die Aliens war cool. Aber das hier … diese Welt … ist viel …« Er stockte.

»Größer«, half Loni ihm.

»Größer«, sagte Jannik. Genau das war es.

Kai hatte die Kuchentüte entdeckt, die Jannik fallen gelassen hatte, und zog sie mit dem Fuß zu sich heran.

»Also, ich finde, das klingt jetzt erst mal noch nicht so toll«, fand auch Pinar. »Das sind tausend Welten. Da können wir uns ohne eine Geschichte doch nie auf eine einzige einigen.«

»Überlegt doch!«, rief Jannik laut. »Bisher waren wir entweder Raumschiffcrew oder Alien. Aber hier können wir viel mehr sein!« Er warf Loni einen Blick zu. *Sag was*, versuchte er sie zu beschwören.

Aber Loni zuckte mit den Schultern und stand auf.

»Also gut«, sagte sie. »Wenn ich mich nicht irre, sind noch zwei Krakenköpfe unterwegs. Wir müssen ihnen heute auf die Spur kommen.« Sie blickte vom einen zum anderen. Prüfend. Der Captain versuchte herauszufinden, wer auf seiner Seite war.

»Wir sollten uns aufteilen«, schlug Kai vor und war wieder Feuer und Flamme. Jannik steckte das Notizbuch ein. Es stand zwar drei gegen zwei, aber so lief das bei ihnen nicht. Sie machten eine Sache nur, wenn alle einverstanden waren. Der Adler war vorerst nicht gelandet.

Und Kais Idee war okay. Nur wenn sie die Krakenköpfe in dem Glauben ließen, sie hielten sie für einen Teil der Crew, würden sie sie früher oder später enttarnen können. So etwa ging auch Lonis und seine Strategie.

Die Gruppen waren schnell aufgeteilt. Elias und Pinar gingen zusammen los, er machte sich mit Kai auf den Weg, und Loni, der Captain, begann die Suche alleine. Das Suchgebiet: Der Weltraum in nächster Nähe um den Mars herum, was bedeutete, dass sich keiner von ihnen weiter als bis in den ersten Stock, den Keller und zur Haustür im Erdgeschoss bewegen durfte. Die Straße war tabu, Elias' Wohnung hingegen erlaubt. Über ihre Handys konnten sie jederzeit Kontakt zum Captain aufnehmen und Bericht erstatten.

Die Suche nach den Aliens begann.

Sie spielten den ganzen Vormittag. Zum Mittagessen teilten sie sich den Geburtstagskuchen, und Loni und er packten die Geschenke aus, die die anderen ihnen mitgebracht hatten. Loni bekam einen Schlüsselanhänger mit einem Raumschiff und Jannik einen mit dem Mars. Elias war als Krakenkopf enttarnt, aber sie hatten ihn heilen können, und nun gehörte er wieder voll und ganz zu ihrer Crew. Ob Loni der zweite war? Oder Kai? Das würde sich am Nachmittag zeigen.

Sie verputzten gerade die letzten Kuchenkrümel, als Jannik wieder das Notizbuch einfiel. Er zog es aus der Tasche und legte es in die Mitte zwischen sie.

»Kommst du schon wieder mit deinen Adlern?«, fragte Pinar. Sie leckte sich genüsslich die Kuchenglasur von den Fingern.

»Ja. Weil die echt gut sind«, beharrte Jannik. »Lasst uns doch noch mal den Anfang lesen. Dann kommen wir bestimmt von selbst darauf, wie diese Welt funktioniert. So, wie Bo es gesagt hat.«

Die anderen sahen sich an. Dann nickte Elias. »Okay. Lies vor.«

Und Jannik las.

»*Die Adler kamen nicht plötzlich, nicht über Nacht ...*«

Zwar hörten sie ihm aufmerksam zu, auch Kai und Pinar. Doch als er das Notizbuch wieder zuschlug, schüttelte Elias den Kopf.

»Damit können wir nicht spielen.«

»Warum nicht?«, fragte Jannik, und er merkte selbst, wie angriffslustig er klang. »Wolltest du nicht vorhin noch ein Raubritter sein?«

Es kam ihm vor, als müsse er Bo und vor allem die Adler verteidigen. Dabei stimmt es ja. Mit diesen paar Sätzen konnten sie keine Partie beginnen. Sonst würde es ein heilloses Durcheinander an Figuren mit allen möglichen und unmöglichen Fähigkeiten geben, die alle nichts miteinander zu tun hatten.

»Zeig mal das Bild«, forderte Kai ihn auf.

Jannik reichte ihm das Buch.

»Das ist richtig cool.« Kai strich mit dem Finger über den Adler. »Wie der seine Flügel ausgebreitet hat.«

»Bo eben«, sagte Jannik. Und auch wenn er so tat, als wäre das nichts Besonderes, war er stolz. Dass Bo *sein* Bruder war.

Hätte er Bo nicht schon gehabt, Jannik hätte ihn sich wohl Jahr für Jahr zu Weihnachten gewünscht. Mit Bo gab es keinen Streit wie zum Beispiel bei Kai mit seiner Schwester Katha. Bo fiel immer ein, wie er sie raushauen konnte, wenn es mal Ärger mit ihren Eltern gab. Und er war stets

30

zur Stelle, wenn es irgendwo ungerecht zuging. Bo hasste Ungerechtigkeit.

»Ungerechtigkeit an irgendeinem Ort bedroht die Gerechtigkeit an jedem anderen«, sagte er gerne, wenn er ihre Eltern in eine Diskussion darüber verwickelte, warum es nicht richtig war, Jannik dieses oder jenes zu verbieten. Um Bo selbst ging es fast nie, denn Bo war »groß genug, um eigene Entscheidungen zu treffen«, fand Mama. Das tat Bo, sogar ziemlich oft. Er wusste über alles Bescheid. Er guckte Nachrichten statt Superheldenfilme, und er las, ununterbrochen. Auf einem Poster an der Wand gegenüber seinem Bett war Martin Luther King zu sehen, ein berühmter Pfarrer aus den USA, der dafür gekämpft hatte, dass Schwarze gleich behandelt wurden wie Weiße. Martin Luther King, oder MLK, wie Jannik ihn heimlich abkürzte, war deswegen umgebracht worden. Unter seinem Bild stand der Satz mit der Ungerechtigkeit.

Bo hatte sich entschieden, der Ungerechtigkeit in der Welt den Kampf anzusagen, darum hatte er auch einen Spitznamen. Der Gute. Oma Marianna hatte ihn eines Tages so genannt, da war Bo sieben gewesen. Der gute Bo. Für Jannik war Bo schon immer der Gute gewesen.

»Doch. Aber spielen können wir das trotzdem nicht«, entschied Elias und holte Jannik damit aus seinen Gedanken.

Aber so schnell gab Jannik nicht auf.

Am Abend klopfte er an Bos Zimmertür. Loni war zu Hause. Hanne hatte sich wegen des Geburtstags freigenommen, was sie nicht sehr oft tun konnte. Sie hatte zwei Jobs, um Loni und sich über die Runden zu bringen. Das war schon immer so gewesen, weil Lonis Vater sich noch vor ihrer Geburt aus dem Staub gemacht hatte. Loni hatte ihn nie getroffen. Hanne arbeitete, und Loni verbrachte die meiste Zeit bei den Adlers. Jannik verstand natürlich, dass Loni an einem solchen Abend drüben bei sich war, aber es kam ihm trotzdem ungelegen. Er hätte sie lieber hier gehabt.

»Bo?«, fragte er und klopfte noch einmal. Als Bo nicht antwortete, öffnete Jannik die Tür. Bloß einen Spaltbreit, gerade genug, um zu sehen, ob Bo überhaupt da war.

»Bo?«, fragte er wieder.

Bo saß auf seinem Bett, den Laptop auf dem Schoß. Er hatte Kopfhörer auf und guckte irgendeinen Film.

Jannik trat ins Zimmer.

»Bo!« Er wedelte mit der Hand, um seinen Bruder auf sich aufmerksam zu machen. Bo sah auf.

»Was ist?«, fragte er und nahm die Kopfhörer ab.

»Die Adler«, begann Jannik.

»Was ist damit?« Bo klickte den Film auf Pause.

»Wann gehen sie weiter?«

»Nikkel, ihr habt doch gerade erst den Anfang bekommen.« Bo grinste.

»Ja, aber die anderen finden, damit kann man noch nicht spielen.«

Bo sah ihn nachdenklich an. »Warum nicht?«

»Ich glaube, sie brauchen das ganze Abenteuer. Oder wenigstens noch mehr Hinweise.«

»Warum denkt ihr sie euch nicht einfach aus?«, wollte Bo wissen. »Ich habe euch doch einiges über Adler ins Buch geschrieben.«

»Ich würde ja ... Aber ... du hast uns die Geschichten doch immer erzählt. Ich glaube, das wollen die anderen auch diesmal.«

»Stimmt.« Bo klappte den Laptop zu. »Aber die Dinge verändern sich. Ihr verändert euch.«

»Kann schon sein. Aber was hat das mit dem Abenteuer zu tun?«

Bo sah zur Wand, als müsste er sich mit MLK beraten, ehe er antwortete. Der jedenfalls blickte wissend auf sie herunter.

»Was denkst du?«

»Weiß ich doch nicht«, sagte Jannik. Warum tat Bo so geheimnisvoll?

»Dann musst du darüber nachdenken«, sagte Bo. »Bis du eine Antwort hast.«

Jannik wollte spielen. Nicht nachdenken. Vielleicht hatten die anderen recht, und es war besser, bei den Aliens zu bleiben. Aliens waren cool. Warum sollten sie das lassen?

»Ich geh dann mal«, sagte er frustriert, aber Bo hielt ihn am Ärmel zurück.

»Gib doch nicht immer gleich auf, Nikkel. Willst du denn alles so machen, wie die anderen es wollen?«, fragte er, und Jannik wusste erst nicht, was das mit der Adler-Geschichte zu tun haben sollte. Dann überlegte er.

»Nein. Ich finde es blöd, dass sie den Adlern von Anfang an keine Chance geben. Aber es steht drei zu zwei, und wir machen nur Sachen, die wir einstimmig beschlossen haben.«

Bo dachte einen Augenblick nach.

»Gut. Aber dann weißt du doch auch, was du tun musst.«

»Was? Was meinst du?«

»Ganz einfach. Dann musst du überlegen, wie du sie von den Adlern überzeugen kannst.«

»Aber das kann ich nur, wenn ich weiß, was wir überhaupt spielen. Zumindest, wenn ich mehr weiß als sie.«

Bo lächelte. »Und das tust du nicht?«

»Nein … ja, klar, ich könnte mir irgendwas mit den Adlern ausdenken«, sagte Jannik. »Aber das könnte ja alles Mögliche sein. Adler gibt es in tausend Welten!«

Wieder führte Bo ein stummes Gespräch mit MLK. »Die Adler können sein, was immer ihr wollt«, sagte er dann. »Ihr seid die Adler, Nikkel.«

Das überraschte Jannik. Sie waren die Adler? Keine Ritter, Magier, Heerführer oder Waldläufer?

»Warum?«, fragte er. Bisher war ihm das alles so logisch erschienen.

Bo grinste und klappte den Laptop wieder auf.

»Du kannst die Antwort selbst finden«, sagte er.

Dann vergrub er sich unter seinen Kopfhörern.

Jannik ging zurück in sein Zimmer und warf sich aufs Bett. Er zog das Buch hervor und las noch einmal, was Bo geschrieben hatte.

»*Waren sie gut? Waren sie böse? Man wusste es nicht*«, flüsterte er. »Wir sind die Adler. Sind wir gut? Sind wir böse?« Und auf einmal hatte er tatsächlich eine Idee, wie er die anderen von den Adlern überzeugen würde.

Im sterbenden Haus

Auch am Sonntag war Loni beschäftigt. Hanne hatte den ganzen Tag frei und einen Ausflug geplant. Also machte Jannik sich alleine auf den Weg zum Mars.

»Na, wenigstens du kommst«, begrüßte Elias ihn missmutig, als er durch den Planetenvorhang trat. Kai und Pinar waren nicht da.

»Was ist los?«, wollte Jannik wissen.

»Mein Vater ist los«, murmelte Elias. Jannik ließ sich in den Sitzsack plumpsen und wartete. Elias kritzelte irgendwas auf ein Blatt Papier. Jannik guckte ihm zu. Ein Krakenkopf, oder was sollte das sein?

»Ich hab Hausarrest«, erklärte Elias irgendwann, mehr dem Blatt als Jannik.

»Warum?«

»Er hat meine letzte Mathearbeit entdeckt.« Elias hörte auf, das Blatt mit dem Bleistift zu malträtieren, und guckte Jannik an.

»Und?«, fragte der. »Das war doch bloß eine Drei. Der sollte mal meine Arbeiten sehen!« Elias war der Beste in der Klasse, Jannik wusste wirklich nicht, warum eine Drei ihm gleich Hausarrest einhandelte.

»Das ist es nicht«, murmelte Elias.

»Was dann?«

»Ich habe seine Unterschrift gefälscht.«

Das war etwas anderes. »Aber ... warum hast du das getan?«

Elias knüllte das Papier zusammen und pfefferte es in eine Ecke. »Na, warum wohl? Weil ich genau wusste, dass er sauer sein wird. Meinem Vater kommt nichts in die Tüte, was schlechter ist als eine Zwei.«

»Und da dachtest du, es ist besser, wenn du ihm die Arbeit gar nicht erst zeigst.«

Elias nickte. Tja, das war gründlich in die Hose gegangen. Aber Elias sah nicht wütend aus. Eher traurig.

»Wo sind Kai und Pinar?«, wechselte Jannik schnell das Thema.

»Kai muss im Café helfen. Und Pinar ... keine Ahnung. Ich glaube, die findet das mit den Adlern einfach blöd und ist deswegen nicht gekommen.«

Jannik schluckte. »Aber wir machen das mit den Adlern doch gar nicht«, sagte er leise.

»Na ja«, Elias stand auf und holte sich das zerknüllte Papier wieder. »Du findest es aber schon ziemlich gut, oder?«

»Ja, klar«, sagte Jannik. »Und ich habe auch schon etwas rausgefunden.« Er zückte das Buch. »Guck mal.«

Elias warf den Papierball nach Jannik. »Du gibst echt nicht auf, was?«

»Nein, weil das wirklich gut werden kann.«

»Aha?« Elias grinste. »Eine richtig gute Partie für Schisser oder auch was für Kerle wie mich?«

»Kerle, die sich Hausarrest verpassen lassen?« Jannik pfefferte den Ball zurück.

»Also, was hast du da?«

Jannik rutschte neben Elias und schob ihm das Buch hin. »Also«, begann er. »Ich habe gestern Abend noch mit Bo geredet. Und er hat gesagt, wir wären die Adler.«

»Wir?« Elias runzelte die Stirn.

»Ganz genau. Und jetzt lies.«

Jannik legte den Finger auf die entsprechende Zeile.

»*Waren sie gut? Waren sie böse?*«, las Elias. »Was soll das bedeuten?«

»Genau«, sagte Jannik. »Das ist die Frage. Was soll das bedeuten? Ich glaube, das ist es, was wir herausfinden müssen. Die Spiel-Aufgabe, verstehst du?«

Elias sprang auf. »Ja! Jannik, du bist genial. Das ist es! Bo hat uns ein Rätsel gestellt. Wir müssen herausfinden, wer von uns gut ist und wer auf der bösen Seite spielt!«

Elias war Feuer und Flamme.

»Bo will, dass wir unser eigenes Abenteuer erleben. Wir sollen entscheiden!«, stimmte Jannik zu.

»Alles klar«, sagte Elias. »Das kann er haben. Wir werden ihm beweisen, dass er sich nicht getäuscht hat. Wir sind alt genug, um unsere eigene Geschichte zu sein.«

»Und wie wir das sind!«, bestätigte Jannik. Dann mussten sie jetzt bloß noch Kai und Pinar von der Sache überzeugen.

Elias schob das Weltall beiseite und war schon auf der Leiter. »Worauf wartest du noch?«, fragte er und tauchte ab. Eilig verließ auch Jannik den Mars. Bei der Haustür hatte er Elias eingeholt.

»Wo willst du hin?«

»Na, wohin wohl?« Elias öffnete die Tür und trat auf die Straße. »Kai und Pinar abholen.«

»Aber Loni kann nicht. Wir dürfen auf keinen Fall ohne sie anfangen.«

»Ja, ja«, sagte Elias nur und flitzte los.

»Äh …, was ist mit dem Hausarrest?« Jannik musste rennen, damit Elias ihn nicht abhängte.

»Mein Vater ist in der Druckerei. Irgendeine Versammlung.«

»Sonntags?«

»Klar. Glaubst du, als Vorstand kann er sich jeden Sonntag einfach auf die faule Haut legen?«

»Was weiß ich. Aber du darfst doch trotzdem nicht weg, auch wenn niemand zu Hause ist.«

»Mann, Jannik. Du spielst wirklich immer nach den Regeln, was?«

»Ich …«, begann Jannik. Aber er sprach nicht weiter. Es war genau, wie Elias gesagt hatte. Er hatte noch nie die Regeln gebrochen. Nicht ein einziges Mal. Aber hielten Adler sich an Regeln? Folgten die nicht viel eher ihrem Instinkt? Jannik folgte fürs Erste nur Elias. Und zwar zu *Luisas Kaffeeladen*, wo Elias Kai raushauen wollte.

»Ich kann aber nicht weg.« Kai räumte einen Stapel Kaffeetassen in die Spülmaschine hinter der Theke. »Ich habe Mama versprochen, ihr heute den ganzen Tag zu helfen. Papa ist … krank.«

»Sie wissen schon, dass das Kinderarbeit ist, Frau Hollerbach?«, rief Elias zu Kais Mutter hinüber, die gerade an einem Tisch in der Ecke eine Bestellung aufnahm.

Luisa Hollerbach grinste.

»Hallo, Jungs«, sagte sie, als sie zur Theke kam. »Kinderarbeit ist immer noch besser, als Hausarrest, nicht wahr?« Sie zwinkerte Elias zu. Der wurde rot wie eine Tomate.

»Ja, da wunderst du dich jetzt, woher ich das weiß. Tja, mein Lieber. Weißt du, wir unterhalten uns nämlich auch, wir Erwachsenen.« Dann wandte sie sich an Kai. »Ich komme hier klar. Wenn du also aus deinem ach so schweren Schicksal ausbrechen und dich mit einem flüchtigen Gefangenen auf und davon machen willst, dann los.« Sie drehte sich zu Jannik um. »Und was dich angeht: Happy Birthday nachträglich. Mit elf kann man übrigens ruhig mal ein bisschen ausbrechen. Das schadet auch dir nicht.«

»Ich …« Jannik wusste nicht, was er sagen sollte. Hielt

40

selbst Luisa Hollerbach ihn für brav? Na, super. Dann konnte er wohl einpacken.

»Jannik ist ein Adler«, sagte Elias. »Und was das bedeutet, das werden Sie schon noch erfahren.«

»Na, da bin ich ja mal gespannt.« Kais Mutter lachte und wandte sich der Kaffeemaschine zu. »Jetzt ab mit euch, ich habe zu tun.«

Das ließen sie sich nicht zweimal sagen.

»Auf zu Pinar und Loni«, verkündete Elias, als sie draußen waren. Sie liefen zuerst zur Hausnummer 7.

»Pinar hat heute keine Zeit«, begrüßte deren Vater Ben sie.

»Aber es ist Sonntag!«, sagte Jannik. Pinar kam durch den Flur. Ihr Vater machte ihr Platz, ging aber nicht weg.

»Ich muss heute zu meiner Oma«, erklärte sie.

Ben nickte. »Und sie freut sich sehr auf dich.« An Jannik, Kai und Elias gerichtet, fügte er hinzu: »Wir sind erst abends zurück. Es tut mir leid, aber heute müsst ihr aufeinander verzichten.«

Schlechtgelaunt zogen sie ab.

»Vielleicht kommt wenigstens Loni mit, den letzten Krakenkopf zu fangen«, sagte Kai.

»Vergiss den Krakenkopf«, sagte Elias. »Die Adler sind los.«

»Äh, okay?«, gab Kai nicht wirklich begeistert zur Antwort. »Klärt ihr mich auf?«

Jannik berichtete ihm, was sie herausgefunden hatten. »Aber ohne Pinar und Loni können wir nicht loslegen.«

»Stimmt, wo ist Loni überhaupt?«, wollte Kai wissen.

»Sie hat Hanne-Tag.«

»Die Mädchen wieder«, murmelte Kai, dabei war es ja nur Glück gewesen, dass seine Mutter ihn hatte gehen lassen.

»Wir versuchen es trotzdem«, sagte Jannik.

Doch diesmal mussten sie gar nicht erst klingeln. Gerade, als sie die Milchstraße Nummer 8 erreicht hatten, kamen Loni und Hanne heraus. Sie hatten Rucksäcke auf und Sonnenbrillen an.

»Wohin geht ihr?«, fragte Jannik.

»Wir fahren an den See«, erklärte Loni.

»Und wann seid ihr zurück?« Elias guckte immer grimmiger.

»Oh, das wissen wir noch nicht«, erklärte Hanne gutgelaunt. »Heute werdet ihr wohl ohne euren Captain auskommen müssen.«

»Loni ist gar nicht immer der Captain«, widersprach Elias. »Jetzt sowieso nicht, weil wir gar keinen mehr brauchen.«

Loni sah Elias fragend an, dann Jannik. Er nickte leicht, und Loni zog die Augenbrauen hoch. Sie hatte verstanden. Hanne nicht. Sie lachte. »Ach so? Na ja, so oder so müsst ihr auf sie verzichten. Wir haben nämlich etwas zu feiern.«

»Mama hat einen neuen Job«, flüsterte Loni Jannik zu.

Dann zuckte sie entschuldigend mit den Schultern und

ließ sich von ihrer Mutter die Straße hinunterschieben. Die Bushaltestelle lag beim Café, am Ende der Galaxie. Jannik sah ihnen nach. Auch Hannes Haare wippten bei jedem Schritt.

»So ein Misttag«, murmelte Elias.

»Und was machen wir jetzt?«, fragte Jannik. Es war eine Ewigkeit her, dass sie ohne die Mädchen gespielt hatten, wenn es überhaupt schon mal vorgekommen war. »Lasst uns zum Mars gehen«, schlug Kai vor. »Da können wir uns immer noch was ausdenken.«

»Schlechte Idee«, sagte Elias. »Hausarrest.« Er sah auf die Uhr. »Wer weiß, wann die Vorstände aufhören zu tagen.«

Kai nickte, aber er warf Elias einen merkwürdigen Blick zu. »Dann müssen wir uns was anderes einfallen lassen.«

Einen Moment standen sie unschlüssig auf dem Gehweg herum. Dann sagte Elias: »Adler sind mutig, nicht wahr?«

»Klar«, pflichteten Kai und Jannik ihm sofort bei.

»Dann lasst uns was Mutiges machen«, schlug Elias vor.

»Und was?«, Jannik wurde mulmig. Etwas Mutiges bedeutete selten, dass er darauf Lust hatte.

Elias ging in die Mitte der Straße und sah hinunter in Richtung Wendeplatte.

»Nein!«, sagte Jannik sofort. Und auch Kai schien nicht gerade begeistert zu sein.

»Doch«, sagte Elias. »Lasst uns ins Rotthaus gehen.«

Jannik bekam Gänsehaut. »Was sollen wir da?«

»Na, reingehen und uns umsehen«, meinte Elias. »Oder hast du Schiss?«

»Aber das Rotthaus fällt jeden Moment zusammen«, warf Kai ein.

Das Rotthaus am Ende der Straße, schräg gegenüber dem Spielplatz, war so alt und baufällig, dass man froh sein konnte, wenn einem beim Betreten nicht der Boden unter den Füßen wegbrach. Seit Jahren schon stand es leer. Beinahe jedenfalls. Nur noch eine der acht Wohnungen war bewohnt, im zweiten Stock links. Dort lebte der alte Herr Matiasek. Ein Mann, der mit niemandem sprach, außer mit Luisa. Und das auch nur, wenn er täglich seinen Kaffee bei ihr bestellte, nachdem er die Milchstraße auf seinen Stock gestützt im Schneckentempo durchquert hatte. Während er ihn trank, las er die Zeitung. Ansonsten starrte er grimmig vor sich hin. Seine Lebensmittel ließ er sich liefern, und nie tauchte er bei den Festen auf, die in der Milchstraße gefeiert wurden. Nicht beim Ostereiersuchen, das Janniks Eltern gemeinsam mit Luisa und Achim Hollerbach für die ganze Straße ausrichteten. Nicht beim Sommerpicknick am längsten Tag des Jahres, bei dem alle ihre Tische und Stühle auf die Straße stellten und gemeinsam aßen. Und auch nicht beim Herbstfeuer, das sie auf dem kleinen Linden-Platz am Anfang der Milchstraße gegenüber dem Druckereitor veranstalteten. Matiasek war da und gleichzeitig nicht da. Jannik gruselte sich vor ihm, nicht nur wegen der Schauergeschichten, die Elias stets über ihn erzählte. Woher er die hatte, wusste Jannik nicht, aber er hoffte, dass sie nicht von seinem Vater stammten. Denn das Rotthaus war ebenfalls ein Königshaus, auch wenn das schwer zu glauben war.

»Solange der Matiasek da wohnt, fällt dadrin auch nichts zusammen«, sagte Elias.

»Du weißt, dass wir da nicht reindürfen«, gab Jannik zu bedenken.

Elias grinste. »Sag ich doch, du hältst dich immer an die Regeln.« Dann wurde er ernst. »Wenn ihr nicht mitwollt, gehe ich eben alleine. Außerdem merkt das niemand.«

»Außer Matiasek«, unkte Jannik.

»Heute ist Sonntag, da ist er immer schon früh im Kaffee-laden«, fiel Kai Jannik in den Rücken.

»Wir sind ihm nicht begegnet«, widersprach Jannik.

»Wir waren aber auch bei Pinar«, warf Elias ein. »Also, kommt ihr jetzt oder nicht? Ich meine das ernst, ich gehe auch alleine.«

»Du alleine im Rotthaus. Das ist ja wohl die allerschlech-teste Idee«, fand Jannik.

»Na dann: Adler oder Maus?«

»Mäuse sind schlaue Tiere«, sagte Kai. »Sie können …«

»Mäuse sind die Beute«, sagte Jannik. »Wir sind Adler.«

Und ehe er wusste, was er tat, marschierte er los. In Rich-tung Rotthaus.

45

Elias lief ihm lachend hinterher, und Kai folgte den beiden missmutig.

Die Haustür des Rotthauses war nicht verschlossen.

»Der Matiasek will das so«, sagte Elias und trat ein. »Mein Vater sagt, der hat es nicht so mit verschlossenen Türen.«

Sie durchquerten den Flur. Die alten Wandfliesen waren zum Teil zerbrochen, einige Scherben lagen auf dem Boden. Es roch muffig. Im Gegensatz zu draußen war es kühl. Das Brummen der Druckerei klang hier merkwürdig hohl.

»Hier unten haben früher die Reichen gewohnt.« Obwohl es, wenn das Haus doch leer war, keinen Grund gab, leise zu sprechen, hatte Elias die Stimme gesenkt. »Die Wohnungen stehen wirklich schon ewig leer. In der hier«, er zeigte auf die rechte Tür, »ist die Bewohnerin wohl sogar gestorben. Eine alte Opernsängerin war das.«

»So ein Quatsch«, wisperte Kai. Aber Jannik war sich sicher, dass er Elias jedes Wort glaubte.

»Und was wollen wir hier?«, fragte Jannik.

Elias war bereits dabei, die Tür der Sängerinnenwohnung zu testen. Sie war verschlossen. Auch die Wohnung links war zu.

»Lasst uns mal nach oben gehen. Vielleicht kommen wir da irgendwo rein.«

Zu Janniks Erleichterung hatten sie auch im ersten Stock kein Glück. Elias behauptete, hier hätten zwei Familien mit mindestens zehn Kindern gewohnt.

»Erzähl keinen Mist«, flüsterte er. Es war gruselig, sich all die Leute vorzustellen, die hier gelebt hatten. Nein, das war nicht das eigentlich Gruselige. Es war eher, dass Jannik nicht wusste, was von ihrem Leben hinter all diesen verschlossenen Türen noch übrig war. Standen da drin noch Möbel? Hielten sich dann auch die Geister der früheren Bewohner dort auf?

Sie folgten der Treppe in den zweiten Stock. Das Holz knarzte unter ihren Füßen. Jannik hatte sich noch nie Gedanken darüber gemacht, dass Treppenhäuser aus Holz waren, jedenfalls die in der Milchstraße. Sie waren einfach da. Und bis auf das Geländer sah man das Holz ja auch nicht. Die Stufen waren mit Linoleum überzogen. Hier war es abgeschabt und an einigen Stellen gerissen, aber das war auch nicht anders zu erwarten in einem sterbenden Haus wie diesem.

Sie erreichten den zweiten Stock. Die Wohnungstür rechts des Treppenabsatzes war ebenfalls verschlossen. Die linke jedoch stand einen Spaltbreit offen.

»Wohnt er hier?« Jannik blieb an der Tür stehen und linste in den Flur.

»Nein, sein Name steht nur zufällig da«, feixte Elias in seinem Rücken. Jannik betrachtete das Türschild. *O. Matiasek.* Da schob sich Elias auf einmal an ihm vorbei und griff nach der Türklinke.

»Was machst du? Du kannst doch nicht einfach da rein!«

»Warum denn nicht? Er ist nicht da, stimmt's, Kai?«

Elias schob die Tür auf und trat in den Flur.

»Spinnst du? Komm zurück!«

Jannik machte einen Satz nach vorn, um Elias am Arm zu fassen. Doch dabei stieß er gegen die Tür. Es rumpelte, und plötzlich ging Licht in der Wohnung an.

»Hallo?«, hörte er eine Stimme.

Elias trat blitzschnell den Rückzug an, und auch Kai und Jannik spurteten die Treppe hinunter. Aus der Wohnung näherten sich langsame Schritte.

»Hallo?«, hallte eine heisere Stimme durchs Treppenhaus. Sie flitzten zur Eingangstür und hinaus auf die Straße. Erst auf Höhe der Nummer 8 hielten sie an.

»Lasst uns zu mir gehen«, schlug Jannik vor. Für diesen Tag hatte er genug Tapferkeit bewiesen. Kai und Elias schien es ähnlich zu gehen.

Seine Eltern waren nicht zu Hause. Auf dem Tisch fand Jannik einen Zettel.

Sind bei Oma und Opa. Komm vorbei, wenn du Hunger hast.

Auch Bo schien ausgeflogen zu sein, doch das wunderte Jannik nicht weiter. Seit er mit Katha zusammen war, fand man Bo meistens bei ihr. Oder im Café. Die beiden waren schrecklich verknallt. Noch ein Grund für einen Geschwisterstreit zwischen Kai und Katha. Fand Kai. Jannik war das egal.

Er ging in die Küche und holte zwei Packungen Chips

aus dem Regal für besondere Anlässe. An normalen Tagen gab es bei ihnen keine Chips. Aber wen würde es stören, wenn doch keiner da war? Kai und Elias hockten bereits auf dem Teppich, als er in sein Zimmer kam.

»Zeig mir mal das Buch«, bat Kai. »Vielleicht haben wir noch weitere Hinweise übersehen. So wie den mit Gut und Böse.«

Jannik holte das Adlerbuch hervor und reichte es ihm.

Kai betrachtete den Vogel vorne drauf. Lang und sehr genau sah er ihn an. »Das ist interessant!«, sagte er dann auf einmal.

»Was«, fragte Jannik. »Hast du ein Loch reingestarrt?«

»Nein, guckt doch mal!« Kai legte das Buch in die Mitte. »Was seht ihr?«

»Einen Adler«, sagte Elias, als wäre Kai meschugge.

»Guck genauer«, forderte Kai. Er schien sich seiner Sache ziemlich sicher zu sein, welche das auch sein mochte.

»Ein Adler im Anflug auf seine Beute«, versuchte Jannik sein Glück.

»Noch genauer«, sagte Kai.

Jannik und auch Elias krochen näher an das Buch heran.

»Ich sehe nichts«, sagte Elias und lehnte sich auf seine Ellenbogen zurück. Typisch, dachte Jannik. Schon ist es ihm langweilig. Aber er guckte noch einmal genauer. Und da erkannte er, was Kai meinte. Auf dem Buch war mehr als nur ein Adler zu sehen. Bo hatte um das Tier eine Art

Rahmen gezeichnet, um diesen herum war eine blaue Fläche zu sehen. Es sah aus, als läge ein Bild eines Adlers auf einem Stück blauem Stoff. Und an einer Stelle hatte dieser Stoff einen dunkelbraunen Fleck, der mit viel Phantasie an den Mond erinnerte.

»Was, glaubst du, ist das?«, fragte Kai.

»Das ist eine Brosche«, sagte Jannik, der den Fleck jetzt, wo er ihn entdeckt hatte, sofort erkannte. »Ziemlich sicher.« Er stand auf. »Und ich weiß auch, worauf.« Er ging zu seinem Kleiderschrank, öffnete ihn und zog ein Hemd daraus hervor. Das einzige, das er überhaupt besaß. Er zog es nur an, wenn er sich schick machen musste. Und bei der letzten Gelegenheit, an Weihnachten, hatte er sich mit Bratensoße bekleckert, was seitdem nicht mehr rausging.

Er legte das Hemd neben das Buch. Kai und Elias staunten, und auch Jannik selbst war überrascht. Mitten auf der linken Brusttasche steckte ein Button. Tatsächlich.

»Der Adler!«, rief Kai.

»Das gibt's ja nicht«, murmelte Elias.

Jannik nahm das Hemd in Augenschein. Bo hatte ihm eine Uniform gemacht. Das blöde Hemd hatte er immer viel zu brav gefunden. Aber jetzt, wo der Adler daran steckte, hatte es etwas Wichtiges an sich. Der Button war größer als die, die Bo an seinem Rucksack hatte. Dadurch sah man den Adler, selbst wenn man ein paar Meter entfernt stand. Und es war, als guckte er einen direkt an.

50

»Zieh es an.« Kai sprang auf. »Los, zieh es an.«

Er streifte es über. Als er es zuknöpfte, klapperte es in der Brusttasche. Jannik befühlte sie.

»Da ist was drin.« Er kramte in der Tasche und beförderte weitere Buttons hervor.

»Vier Stück«, sagte Elias. »Vier weitere Adler.«

Sie sahen sich an.

»Wir brauchen auch blaue Hemden«, sagte Elias. »Die Adler sollen erkennbar sein.«

»Ich hab eins.« Kai lief bereits zur Tür.

»Ich muss suchen, aber wenn ich keines habe, dann kaufe ich mir eben eines.« Auch Elias sprang auf. »Das wird gut. Jetzt müssen wir bloß noch den Mädchen Bescheid geben.«

»He, wartet!«, rief Jannik. »Eure Anstecker!«

Er gab jedem von ihnen eine der Broschen. Dann liefen sie hinaus. Und Jannik war alleine. Er ging zum Schrank und betrachtete sich im Spiegel. Nicht nur das Hemd hatte sich durch den Adler verändert. Auch er sah damit anders aus. Oder bildete er sich das nur ein? Nein, er fühlte es. Er stand irgendwie … gerade. Jannik breitete die Arme aus. Der Adler spreizte seine Flügel.

Die Adler suchen ein Nest

»Muss es denn ausgerechnet dein gutes Hemd sein?«, fragte Janniks Mutter am nächsten Morgen beim Frühstück. Zum fünften Mal.

»Ja«, sagte Jannik stur.

»Warum? Ich verstehe es nicht«, sagte seine Mutter. Auch zum fünften Mal.

»Weil ich nun mal nicht immer nur ein T-Shirt anhaben will«, gab Jannik zurück und sah zu Bo hinüber, der konzentriert sein Müsli löffelte. »Ich habe mich eben verändert.«

»Aha«, sagte seine Mutter. »Und betrifft diese Veränderung auch deine Angewohnheit, dein Zimmer nicht aufzuräumen?« Sie grinste. »Oder brauchst du dafür auch mal Hausarrest, wie Elias?« Jetzt knuffte sie Jannik in die Seite. Das war natürlich nur ein Scherz, Janniks Eltern fanden, Hausarrest sei ein veraltetes Mittel, Kinder zu erziehen.

»Versuch's doch mal«, sagte Jannik darum und grinste ebenfalls. Dann wanderte sein Blick wieder zu Bo.

Der war ganz in Gedanken versunken. Wann bemerkte er endlich, dass er den Adler trug?

»Bo, würdest du bitte aufhören, mit deinem Müsli zu spielen?«, sagte Janniks Vater. Bo reagierte nicht. »Bo!«

Er faltete die Zeitung zusammen und gab Bo damit einen Klaps auf den Kopf.

Bo guckte auf. »Was?«

»Was ist los? Teil dich mal mit«, forderte sein Vater ihn auf.

»Ach, nichts«, sagte Bo und aß weiter.

»Komm schon, Bo.« Janniks Mutter sah Bo mitfühlend an. »Ich habe mit Luisa gesprochen. Wir wissen Bescheid.«

»Worüber wisst ihr Bescheid?«, fragte Jannik. Er guckte von seinem Vater zu seiner Mutter, weiter zu Bo und wieder zurück. Aber niemand achtete auf ihn.

»Das wird schon wieder«, sagte sein Vater.

Bo ließ den Löffel in die Schale fallen, dass die Müslipampe nur so spritzte, und wandte sich an Jannik. »Kathas Dad ist seinen Job los. Sie haben ihm gekündigt.« Und zu ihren Eltern sagte er: »Da wird nichts wieder. Zumindest nicht in der Druckerei.«

Jannik glaubte, sich verhört zu haben. Achim sollte arbeitslos werden? Warum hatte Kai das denn nicht erzählt? Wusste er vielleicht noch gar nichts davon?

»Er findet bestimmt schnell eine neue Arbeit«, versuchte sein Vater Bo zu beschwichtigen.

»Ja, klar. Es gibt ja auch so viele Druckereien hier in der Gegend.« Bo klang mit einem Mal so wütend, als wäre Achim ein von Plastik verschmutztes Meer oder jemand aus einem Film, den er über die Ungerechtigkeit der Verteilung von Nahrungsmitteln auf der Welt gesehen hatte. Dabei war das doch etwas ganz anderes. Hanne zum Beispiel fand ja auch dauernd neue Jobs, und außerdem war Achim Kathas Vater und nicht sein eigener. Aber vielleicht ist genau das das Problem, überlegte Jannik.

Eine Weile saßen sie stumm da, und jeder tat so, als müsse er sich sehr konzentrieren, damit das mit dem Kauen und Schlucken des Frühstücks klappte. Doch dann richtete Bo sich auf. »Das ist nicht fair«, sagte er leise, aber entschieden. »Dass ausgerechnet Achim seinen Job verliert.«

»Und bei jemand anderem wäre es fair?«, wollte Jannik wissen. Das meinte Bo bestimmt nicht. Aber der ging gar nicht auf Janniks Frage ein.

»Achim!«, rief er. »Der arbeitet doch Tag und Nacht. Macht Überstunden und so. Und wenn er nicht in der Druckerei ist, dann hilft er in der Milchstraße aus, wo er kann.«

»So ist das nun mal«, sagte Janniks Vater. Und seine Mutter nickte nachdenklich. »Dass die Druckerei nicht gut dasteht, war ja schon lange klar.«

Hier schienen alle Bescheid zu wissen, bloß Jannik nicht. »Wieso steht die Druckerei nicht gut da? Und wieso werfen sie Achim raus?«, wollte er wissen. Er dachte an den König und die Sonntagssitzung.

»Das ist kompliziert«, sagte sein Vater. Mehr nicht.

»Und darum darf ich es nicht wissen, oder was?« Jannik sah in die Runde.

»Doch, natürlich darfst du es wissen, Nikkel«, sagte seine Mutter schnell. »Aber es ist eben nicht so leicht zu erklären. Nicht in einem Satz beim Frühstück.«

»Er hat seinen Job verloren, weil er nicht mehr gut genug war«, sagte Bo bitter.

»Das ist nicht richtig, Bo.« Janniks Mutter sah Bo lange an.

»Ach so, dann war er vielleicht zu gut?!« Bo stand auf und nahm seinen Rucksack. »Ich muss los«, sagte er, und weg war er.

Jannik guckte zwischen seinen Eltern hin und her.

»Das wird schon alles wieder«, sagte seine Mutter, genau wie vorhin sein Vater. Aber eine Erklärung war das noch immer nicht.

»Was ist denn bei euch los?«, fragte Loni, als sie sich wenig später auf den Weg zur Schule machten. »Bo ist eben ja total wütend die Treppe runter. Man hat ihn bis in unsere Küche schimpfen gehört. Bist du deswegen so spät? Die anderen sind bestimmt schon ohne uns los.«

»Sie haben Achim aus der Druckerei geworfen«, sagte Jannik.

»Was?« Loni blieb stehen. »Hat Kai das erzählt?«

»Nein, Bo.«

»Wieso denn? Hat Achim was falsch gemacht?«

»Ich weiß nicht«, sagte Jannik genervt. »Das ist anscheinend alles sehr kompliziert. Und keiner kann es richtig erklären. Ich glaube, sie können es, aber sie wollen es nicht. Bo ist jedenfalls ziemlich sauer deswegen.«

»Das ist klar!«, sagte Loni. »Rausgeworfen zu werden ist mies und ungerecht! So was kann Bo nicht vertragen.« Sie überlegte. »Aber warum hat Kai denn gar nichts gesagt?«

Jannik schüttelte den Kopf. »Vielleicht weiß er es noch nicht. Oder ...«

»Oder was?«

»Na ja ... Wir waren gestern ziemlich beschäftigt mit den Adlern.«

»Sieht so aus«, sagte Loni knapp.

»Sei nicht beleidigt«, sagte Jannik schnell. »Wir haben nicht gespielt.«

Loni deutete mit dem Kinn auf Janniks Hemd. »Und was ist das?«

Jannik beeilte sich, ihr alles zu erzählen, was sie verpasst hatte.

»Krass«, sagte Loni, als er geendet hatte. »Und das Hemd hing einfach so in deinem Schrank?«

»Ja. Die hier waren in der Tasche.« Jannik holte die zwei übrigen Anstecker hervor und hielt sie Loni hin. »Für Pinar und dich. Die anderen haben ihre schon.«

Loni nahm Jannik einen der Buttons ab und steckte ihn sich an. »Wenn man euch einmal alleine lässt«, murmelte sie. Aber Jannik wusste, sie war nicht sauer.

Auf dem Schulhof warteten Kai, Elias und Pinar tatsächlich schon an der Tischtennisplatte auf sie. Kai und Elias
trugen blaue T-Shirts. Bevor Jannik und Loni sie erreicht
hatten, hielt Loni ihn zurück. »Vielleicht warten wir, bis Kai
es uns selbst erzählt«, flüsterte sie. Jannik nickte. Er platzte
vor Neugier, aber höchstwahrscheinlich hatte Loni recht.

»Das sind T-Shirts, keine Hemden«, sagte er darum, als
sie die drei anderen begrüßten.

»Ich habe kein Hemd«, sagte Kai.

»Und ich bloß weiße«, erklärte Elias.

»Wo ist mein Button?«, fragte Pinar. Also wusste sie auch
schon Bescheid. Jannik reichte ihn ihr.

»Aber warum sollen wir blaue Shirts tragen?«, fragte Pinar.

»Hemden«, korrigierte Jannik. »Warum trägt man wohl
eine Uniform?«, fragte er dann. »Vielleicht, damit man sich
erkennt?«

»Tun wir das nicht sowieso?«, hakte sie nach.

»Klar tun wir das«, sagte Loni. »Aber ein Fußballteam erkennt sich ja auch so, und trotzdem tragen alle ein Trikot.«

»Aber das ist, damit die Mannschaften sich nicht verwechseln.« Pinar ließ nicht locker.

»Du musst es ja nicht machen«, versuchte Jannik, die
Sache zu beenden.

»Muss ich nicht?« Pinar zog die Augenbrauen hoch. Dieser Gedanke schien ihr noch nicht gekommen zu sein.

»Nö, keiner zwingt dich dazu, mitzumachen.«

»Aha.« Pinar stemmte die Fäuste in die Hüften. »Wenn ich also nicht das blaue Shirt trage, dann heißt das, ich mache nicht mit?«

»Das habe ich nicht gesagt«, verteidigte sich Jannik.

»Doch, hast du«, sagte Pinar.

»Hat er«, mischte sich Elias ein. »Und er hat recht. Wir spielen die Adler, also tragen wir die Hemden. Das hier scheint kein normales Abenteuer zu sein. Wenn wir schon am Anfang den Hinweisen, die wir finden, nicht folgen, dann wird das wohl nicht funktionieren. Wenn also in Janniks Schrank ein blaues Hemd auftaucht, dann hat das bestimmt nicht zu bedeuten, dass er es nicht tragen soll. Und wenn es Buttons für alle von uns gibt, dann bedeutet das auch was. Was ist daran so schlimm?«

Pinar zuckte mit den Schultern und steckte sich den Button an.

»Was macht dein Hausarrest?«, wandte Jannik sich an Elias. Aus dem Augenwinkel sah er zu Kai. Er kam ihm nicht anders als sonst vor.

»Weiß nicht, da musst du ihn selbst fragen.«

»Hat jemand gemerkt, dass du gestern weg warst?«, wollte Kai wissen.

»Nein.« Elias schüttelte den Kopf. »Aber das war pures Glück.«

»Wieso, war dein Vater schon von der Sitzung in der

Druckerei zurück, als du kamst?«, wollte Jannik wissen und merkte, wie Kais Gesicht einen abwesenden Ausdruck annahm.

»Nein. Der kam erst spätabends. Aber meine Mutter ... das könnt ihr euch nicht vorstellen. Die nervt total.«

»Der Mars steht unter Beobachtung.« Loni grinste.

»Und wie«, sagte Elias. »Dort ist es nicht mehr sicher.«

»Also«, mischte Jannik sich ein. »Wo treffen wir uns dann heute Nachmittag?«

»Keine Ahnung«, sagte Elias. »Wir müssen uns was ausdenken.«

Es klingelte zur ersten Stunde, und damit war die Umzugsplanung vertagt.

Kurz vor der großen Pause wurde Jannik ins Sekretariat gerufen.

»Du hast einen Anruf von zu Hause«, sagte Frau Oppelt, die Schulsekretärin. Schnell nahm Jannik den Hörer auf.

»Mama?«, fragte er. »Papa?« Beide waren um diese Zeit bei der Arbeit. Wenn sie ihn anriefen, musste etwas passiert sein. Doch am anderen Ende waren nicht seine Eltern.

»*Die Adler suchten sich ein Nest. Eines, in dem sie sicher waren.*«

»Bo!«, rief Jannik in den Hörer. »Bo, ich bin fast gestorben vor Angst.«

Bo lachte am anderen Ende der Leitung. »Du bist so ein

Schisser, Nikkel. Also, das war eure nächste Aufgabe. Macht was draus.«

Jannik legte auf und tat so, als hätte er den irritierten Blick, den Frau Oppelt ihm zuwarf, nicht bemerkt.

»Was war los?«, wollte Loni wissen, als er zurück in die Klasse kam.

»Nachricht von Bo«, flüsterte er zurück. Elias vor ihnen spitzte die Ohren. Er lehnte sich auf seinem Stuhl zurück. »Was wollte er?«, fragte er unauffällig über die Schulter.

»Wir haben eine neue Aufgabe. Wir sollen uns ein sicheres Nest suchen.«

»Was gibt es denn da zu tuscheln?«, wurden sie von Herrn Lausewitz unterbrochen. »Elias, wärst du so freundlich, uns das hier vorzurechnen?« Er deutete auf die Zahlenreihe, die er gerade angeschrieben hatte.

Elias seufzte und ging nach vorne zur Tafel.

»Wie kommt Bo darauf, dass der Mars nicht sicher ist?«, fragte Pinar auf dem Heimweg. »Ich meine, woher weiß er das?«

»Hast du ihm von meinem Hausarrest erzählt?« Elias drehte sich zu Jannik um.

»Nein. Keine Ahnung. Vielleicht. Bestimmt ist das nur Zufall.«

»Das glaube ich nicht«, widersprach Loni. Sie waren vor ihrem Haus angekommen.

60

»Und wieso nicht?«, fragte Kai.

Loni zeigte auf den Briefkasten. Ein gerolltes Papier lugte daraus hervor. Ein aus Pappe ausgeschnittener Adler baumelte an dem Faden, der es zusammenhielt. Jannik zog die Rolle heraus und öffnete sie. Es war eine Zeichnung.

Ein Netz war darauf zu sehen, ein Netz auf grünem Grund.

»Ist das ein Spinnennetz?«, überlegte Loni.

»Nein, dazu ist es zu ungleichmäßig.«

»Wo ist denn hier unten und wo oben?«, fragte Pinar.

Jannik drehte die Zeichnung hin und her. In dem Grün waren hier und da graue Flecken. Ein Netz aus feinen braunen Linien trennte sie von dem Grün. Im Zentrum des Ganzen lief eine dicke graue Linie in einer leichten Kurve schräg über das Bild. An einem Ende lagen links vier Rechtecke, rechts ein Viereck. Dann folgte wieder eine dicke Linie, die quer dazu verlief. In der anderen Richtung endete die erste Linie in einem Kreis.

»Das ist eine Karte«, sagte Jannik. Einmal durchschaut, war es ganz einfach zu erkennen.

»Eine Karte?« Loni drehte die Zeichnung noch einmal. »Wovon?«

»Das ist die Milchstraße. Aus der Vogelperspektive.« Jannik deutete auf die Rechtecke. »Das ist die Druckerei.« Dann zeigte er auf den Kreis. »Hier ist die Wendeplatte.«

Neben dem Kreis stand etwas geschrieben.

»*Rudus*«, las Kai. »Was heißt das?«

»Keine Ahnung.«

»Wartet, das haben wir gleich.« Elias zückte sein Handy und tippte darauf herum. »Das ist Latein. Bedeutet *Trümmer*.«

»Trümmer?«, überlegte Loni. »Na klar! Das Rotthaus. Wenn der Kreis die Wendeplatte ist.« Sie deutete auf die Schrift. »Dann ist Rudus das Rotthaus.«

»Aber was sollen wir da?«, fragte Kai. Es war ihm deutlich anzuhören, dass er keine große Lust hatte, noch einmal dort herumzuschleichen.

»Vielleicht heißt es auch gar nicht, dass wir dort hinsollen«, sagte Loni.

»Warum steht es dann dort, wenn es nichts zu bedeuten hat?«, widersprach Elias.

Jannik betrachtete die Karte von allen Seiten. Vielleicht gab es noch mehr Hinweise. Die Milchstraße und die Hauptstraße waren zu sehen. An der Kreuzung war *Luisas Kaffeeladen* eingezeichnet. Rechts und links der Milchstraße lagen die Hinterhöfe, der Garten der Königs – der Mars war als orangefarbener Ball aufgemalt. Jannik grinste. Bo hatte wirklich auf alles geachtet. Hinter den Höfen verliefen feine Linien in verwaschenem Grün. Das, was jenseits ihrer Welt lag.

Jannik ging den Weg bis zu ihrem Haus ab. Überall hatte Bo die Hausnummern vermerkt. Nur das Rotthaus hatte keine. Wie in Wirklichkeit. Ein Haus, das aufgehört hatte zu existieren.

»Seht mal, hier stehen noch mehr Zahlen.« Pinar deutete auf das Grau hinter dem Rotthaus. Die Nummern waren mit Bleistift geschrieben und vor dem gleichfarbigen Hintergrund kaum zu erkennen.

»*1809–2215*«, las Jannik. »Was hat das zu bedeuten?«

Loni sah auf ihre Uhr. »1809. Das ist heute. Der 18. September.«

»Und was bedeutet 2215?«, fragte Kai.

»22 Uhr 15«, riefen Elias und Jannik im Chor. »Heute Abend. Wir müssen heute Abend ins Rotthaus!«

Sie sahen sich an. Es würde schwer werden, sich davonzuschleichen. Aber es war keine Frage.

»Wir treffen uns um zehn am Spielplatz«, bestimmte Loni.

»Um zehn am Spielplatz«, bestätigten vier Adler. Dann gingen sie alle nach Hause.

Beim Mittagessen drehte sich das Gespräch wieder um Achim. Janniks Großeltern waren da, und neben Loni saß auch Katha am Tisch. Wenn sie sonst ununterbrochen redete, so war sie heute ziemlich still.

»Hat dein Vater denn schon einen Plan?«, erkundigte sich Opa Paul.

»Aber Paul«, wies Oma Marianna ihn zurecht. »Was soll

er denn für einen Plan haben? Er hat es doch gerade erst erfahren.«

»Na, er wird sich doch überlegen, was er jetzt macht«, beharrte Opa Paul. »Er braucht schließlich einen neuen Job.«

»Natürlich wird er das. Aber so schnell kann er ja nun auch keine Lösung aus dem Hut zaubern.« Janniks Oma sah Katha voller Mitgefühl an. »Aber ich bin sicher, da ist das letzte Wort noch nicht gesprochen.«

»Hätte er denn nicht bleiben können, wenn er sich auf weniger Gehalt eingelassen hätte?«, fragte Janniks Mutter.

»Warum denn weniger Gehalt?«, wollte Loni wissen. Hannes freie Tage waren vorbei, und Loni verbrachte die Nachmittage wieder bei Jannik.

»Die Druckerei hat finanzielle Probleme«, erklärte Oma Marianna.

»Weniger Gehalt?« Verwundert sah Bo seine Mutter an. »Dieselbe Arbeit für weniger Geld, ja? Meinst du das ernst?«

»Ich frage ja nur«, wehrte Janniks Mutter ab. »Wäre das nicht besser, als gar keine Arbeit zu haben?«

»Nein!«, sagte Bo entschieden. »Das ist kapitalistisch, was du da sagst, Mama.«

»Vielleicht«, sagte Janniks Mutter. »Aber …«

»Was ist das?«, fragte Jannik.

»Kapitalistisch«, sagte Bo. »Dieselbe Arbeit für weniger Geld zu tun ist eine Lösung, die der Druckerei das nötige Geld verschafft, aber auf Kosten ihrer Angestellten.«

»Aber wenn Achim entlassen wird, geht das doch auch auf seine Kosten«, warf Loni ein.

»Das ist aber etwas anderes«, sagte Bo.

»Papa *hat* schon einen Plan«, sagte Katha auf einmal leise.

»Das klingt doch gut. Und wie sieht der aus?«, wollte Janniks Vater wissen.

Katha druckste.

»Das werdet ihr bald sehen«, sprang Bo ihr bei.

Dabei beließen sie es, und Janniks Mutter versuchte, ein anderes Thema anzuschlagen. Doch es klappte nicht. Alle waren angespannt und schlecht gelaunt. Wie der erste Herbstnebel, der den Sommer vertrieb, waberte diese seltsame Stimmung durch die Räume. Loni und Jannik verzogen sich in Janniks Zimmer, machten Hausaufgaben und vertrieben sich die Zeit damit, sich über die Adler Gedanken zu machen. Wie sollten sie sein? Auf der Seite der Guten? Oder der Bösen?

»Was bedeutet das überhaupt?«, überlegte Loni. »Gut oder böse? Wann ist man denn gut? Oder nicht gut? Heißt das überhaupt automatisch, dass man böse ist, wenn man nicht gut ist?«

»Na ja, gut ist man, wenn man gute Sachen tut«, sagte Jannik. So kompliziert war das doch gar nicht.

»Aber überleg doch mal. Wenn ich dir helfe, dann ist das gut. Richtig?«

»Wenn ich Hilfe brauche, dann ja.«

»Und wenn ich dir helfe, und du brauchst keine Hilfe?«

Jannik lachte. »Dann nervst du.«

Aber Loni blieb ernst. »Und wenn ich dir helfe, etwas zu machen, obwohl ich weiß, dass es nicht gut ist? Zum Beispiel, wenn du mich darum bittest, deinen Eltern nicht zu verraten, dass du eine Fünf geschrieben hast. Ich sie aber dafür anlügen muss, weil sie mich direkt danach fragen. Dann habe ich dir geholfen, aber deine Eltern hintergangen. War ich dann gut oder böse?«

»Gut, würde ich sagen.« Jannik grinste. Doch dann wurde er ernst. »Ich jedenfalls will einer von den guten Adlern sein. Und du?«

»Ich will beides sein«, sagte Loni.

Der Nachmittag zog sich endlos hin. Im Wohnzimmer hörten sie Janniks Eltern und Großeltern diskutieren.

»Reden sie die ganze Zeit über Achim und die Druckerei?«, fragte Loni.

»Keine Ahnung«, sagte Jannik. Es war seltsam. Irgendwas war passiert, und das hatte nicht nur mit Kais und Kathas Vater zu tun. Der König war auch beteiligt und wahrscheinlich noch mehr Leute. Achim war ja nicht der Einzige aus der Milchstraße, der in der Druckerei arbeitete. Jannik begriff bloß nicht, was es war, das seine Eltern und Großeltern an der Sache so beschäftigte. Um sich abzulenken, nahm er wieder die Karte hervor. Aber sie erzählte ihm auch nichts

Neues. Je länger er darauf starrte, desto mehr verschwammen die Linien vor seinen Augen.

»Warum ausgerechnet das Rotthaus?«, fragte er.

»Ist doch cool«, sagte Loni. »Ein neues Abenteuer. Und dieses Mal ist es viel echter. Weil es, wie es aussieht, in unserer Welt spielt.«

Jannik seufzte. Das Jagen der Aliens in ihrer Phantasie war für seinen Geschmack spannend genug gewesen. Er war sich nicht sicher, ob er ein wirkliches Abenteuer unbedingt wollte.

Als es endlich Abend und neun Uhr war, zogen Loni und er sich ihre Schlafanzüge an und putzten sich im Bad die Zähne. Dann sagten sie im Wohnzimmer gute Nacht. Oma Marianna und Opa Paul waren noch immer da, und es sah nicht so aus, als wären die Erwachsenen inzwischen zu schöneren Themen übergegangen.

»Ihr geht freiwillig schlafen?«, fragte Janniks Vater erstaunt. »Seid ihr krank?«

»Nein«, erklärte Loni. »Wir wollen noch lesen.«

Janniks Mutter sah sie an, dann wanderte ihr Blick zu Jannik, wo er blieb. Leider. Jannik bemühte sich, ein Pokerface aufzusetzen und ihrem Blick nicht auszuweichen, denn dann wüsste seine Mutter sofort, dass etwas nicht stimmte.

»Aber nicht zu lang«, sagte sie. Dann wandte sie sich wieder dem Gespräch zu. Jannik und Loni verließen das Wohnzimmer, schlüpften in Janniks Zimmer wieder in ihre

Kleider und warteten. Es klingelte an der Wohnungstür. Sie hörten, wie Janniks Vater aufmachte und Luisa und Achim hereinließ. Als es endlich Viertel vor zehn war, schlichen sie sich wieder in den Flur.

Bei den Erwachsenen ging die Diskussion gerade von neuem los.

»Aber wie stellen die sich das denn vor?«, hörte Jannik Opa Pauls gedämpfte Stimme. »Die schmeißen einfach ihren besten Arbeiter raus.«

»Da geht es ja nicht bloß um mich, Paul«, sagte Achim. »Wir sind einige. Die halbe Straße hat in vier Wochen keinen Job mehr. Und dann?«

Nicht nur Achim, dachte Jannik. Also stimmte es.

»Vier Wochen?«, fragte Janniks Mutter ungläubig. »Das dürfen die doch gar nicht, so lange, wie du da schon arbeitest.«

»Doch«, sagte Achim. »Das dürfen die, weil es in unserem Vertrag steht.«

»Haben die euch denn gar kein Angebot gemacht?«, fragte Oma Marianna.

Luisa seufzte. »Du weißt doch, wie Achim ist. Ganz oder gar nicht. Mein lieber Mann lässt sich doch auch gar nicht auf Diskussionen ein.«

»Diskutieren bringt da nichts«, verteidigte sich Achim. »Wenn der Vorstand etwas entschieden hat, dann heißt es für uns Angestellte: friss oder stirb.«

»Achim, du weißt doch gar nicht, was da in den oberen Etagen vor sich geht«, versuchte Janniks Vater ihn zu beruhigen.

»Was wird da schon vor sich gehen?«, ereiferte sich Achim. »Das ist dasselbe wie überall! Durch Billigkräfte wird man ersetzt. Das Know-how schmeißen sie raus.«

Billigkräfte? Know-how? Jannik würde Bo bei Gelegenheit fragen, was Achim damit meinte. Aber jetzt hatten sie Wichtigeres zu tun. Dass die Erwachsenen sich so laut unterhielten, war zu ihrem Vorteil. Unbemerkt schlüpften sie in ihre Schuhe und an Bos Zimmertür vorbei. Sie war nur angelehnt, drinnen war es dunkel. Jannik tippte Loni auf die Schulter und deutete auf Bos Zimmer. Loni nickte. Bo war unterwegs, das bedeutete, sie hatten die Zahlen richtig gedeutet. Auf leisen Sohlen schlichen sie zur Wohnungstür hinaus. Loni steckte den Schlüssel von außen ins Schloss und drehte ihn, so schloss sie die Tür ohne das winzigste Geräusch. Die Treppenstufen knarrten, als sie sich auf den Weg nach unten machten.

»Puh«, sagte Jannik, kaum dass sie draußen waren. »Glaubst du, Bo wartet im Rotthaus auf uns?«

»Wahrscheinlich«, sagte Loni.

»Oder er ist bei Katha, und wir haben es falsch gedeutet.«

Loni blieb stehen und sah ihn an.

»Du musst jetzt endlich anfangen, nicht nur Adler zu

heißen, sondern auch wie einer zu denken.« Sie setzte ihren Weg fort.

Jannik schwieg beleidigt. Aber er folgte Loni. Natürlich. Wenn das Spiel heute Nacht wirklich begann, war er dabei. Punkt.

Am Spielplatz angekommen, sah Loni auf die Uhr.

»Zehn!«, sagte sie. »Wo sind die anderen?«

»Sie werden bestimmt gleich kommen«, murmelte Jannik.

Der Spielplatz war nachts ziemlich unheimlich. Das Klettergerüst ragte düster vor dem sich bereits dunkel färbenden Himmel auf. Wie eine Spinne von einem anderen Stern. Die Straßenlaternen auf der Wendeplatte gingen an. Eine von ihnen war kaputt und flackerte.

»Wie lange wollen wir warten?«, flüsterte er.

»Noch fünf Minuten«, sagte Loni. »Wenn sie dann nicht da sind, gehen wir alleine.«

»Was? Dein Ernst?«

»Natürlich. Oder willst du etwa nicht spielen, nur weil die anderen es vielleicht nicht schaffen, sich zu Hause heimlich aus dem Staub zu machen?«

Natürlich nicht. Aber zu zweit erschien Jannik das Rotthaus noch viel unheimlicher als zu fünft.

»Wie viel Uhr ist es?«, fragte er wieder.

»Drei nach zehn«, sagte Loni.

Sie kamen nicht. Nicht in dieser Minute und auch nicht in der nächsten.

»Dann los«, entschied Loni. Jannik seufzte. Dass es vielleicht einem von ihnen nicht gelingen würde, zu kommen, gut. Aber dass Pinar, Kai und Elias alle drei nicht auftauchen würden, hätte er nicht geglaubt, zumal Kais Eltern ja bei ihm im Wohnzimmer saßen und es darum ein Kinderspiel hätte sein müssen, um zehn hier zu sein.

Sie huschten über die Wendeplatte. Bei Matiasek im zweiten Stock brannte ein kleines Licht im Fenster.

»Matiasek ist noch wach«, murmelte Jannik.

»Oder er lässt ein Nachtlicht an«, überlegte Loni. »Das machen manche Leute, um die Geister der Nacht draußen zu halten.«

»Die Geister der Nacht?« Na toll. Außerirdische Spinnen, Nachtgeister, was erwartete seine Phantasie wohl noch alles?

»Jetzt hab dich nicht so«, flüsterte Loni. »Das ist doch bloß Aberglaube.« Sie blieb vor der Haustür stehen.

»Was ist?«, wollte Jannik wissen. Hatte sie etwas entdeckt? Mussten sie abhauen?

»Wie kommen wir rein? Ohne Elias haben wir doch keinen Schlüssel.«

»Ach, das ist kein Problem. Matiasek lässt immer die Tür auf.« Er drückte, die Tür quietschte, und sie standen im Treppenhaus.

Im Dunkeln war es hier noch viel unheimlicher als am Tag. Etwas raschelte. Irgendwo knarzte es. Als ob das Haus bei Nacht zum Leben erwachte.

»Gut«, sagte Loni. »Und jetzt?«

Jannik wusste es auch nicht. Sie hatten weder an eine Taschenlampe noch an sonst irgendeine Ausrüstung gedacht. Solche Dinge hatte immer Elias bei sich.

»Wonach suchen wir überhaupt?«, fragte er.

»Nach einem Nest«, wisperte Loni. »Das war Bos Nachricht, stimmt's? *Ein sicheres Nest.*«

»Wo könnte das denn sein?«, überlegte Jannik.

»Theoretisch überall. Wir müssen die einzelnen Wohnungen überprüfen.«

Jannik schnappte nach Luft. »Nein, das …« Er wurde von einem Geräusch unterbrochen. Ein leiser Ruf. Doch das war kein menschliches Geräusch.

»Hast du das gehört?«, wisperte er.

»Das war ein Vogel«, mutmaßte Loni.

Der Ruf erklang von neuem. Diesmal näher, klarer.

»Ein Adler«, sagte Jannik. »Das ist der Ruf des Adlers.«

»Wir müssen ihm folgen«, sagte Loni. Sie lauschten. Als der Ruf ein drittes Mal ertönte, flüsterte Jannik: »Das kam von oben.«

Sie schlichen zur Treppe. Loni ging voraus.

»Autsch!«

»Was ist?« Jannik wäre beinahe in sie hineingelaufen, so abrupt war Loni stehengeblieben.

»Hier ist eine Schnur gespannt«, flüsterte sie. »Und da hängt was dran. Ein Umschlag.«

»Mach ihn auf«, forderte Jannik.

Loni öffnete den Umschlag und zog einen Zettel daraus hervor. »Es ist zu dunkel, ich kann das nicht lesen.«

»Wir müssen weiter in den zweiten Stock. Matiasek schließt auch nie seine Wohnungstür. Vielleicht haben wir da ein bisschen Licht.«

Gesagt, getan. Vorsichtig tasteten sie sich weiter voran. Matiaseks Tür war tatsächlich wieder nur angelehnt, ein schwacher Lichtschein drang in den Flur. Loni trat nah an die Tür heran und las den Zettel vor:

»*Gut oder böse? Wer zuerst im Nest ist, wird entscheiden. Findet den Weg – alleine.*«

»Was soll das?«, wisperte Jannik. In der Wohnung knarzte es.

»Das ist wohl ein Wettrennen?«, fragte Loni. »Da hat Bo aber Pech gehabt. Drei Teilnehmer fehlen.« Sie senkte den Brief. »Wir beide allerdings, wir können es immer noch unter uns ausmachen.«

Jannik sah sie an. Das war nicht ihr Ernst, oder? Sie wusste genau, dass er sich hier alleine in die Hose machte.

Wieder ertönte ein Adlerruf. Ein Quietschen folgte als Antwort.

»Wir müssen weiter nach oben«, flüsterte Loni.

»Aber das Quietschen war unten.«

»Die Haustür.« Schon hörten sie Schritte auf der Treppe.

»Sie kommen«, wisperte Jannik.

»Los, die lassen wir nicht gewinnen«, sagte Loni. »Wer zu spät kommt, kann nicht den ersten Platz kriegen.« Sie entfernte sich von der Tür und wollte sich auf den Weg machen, da fiel Jannik etwas ein.

»Aber sie wissen gar nicht, worum es geht«, sagte er. »Wir haben doch den Brief.«

Loni hielt inne. Sie drehte den Zettel in der Hand hin und her.

»Loni«, sagte Jannik. »Komm schon. Wenn wir spielen, dann spielen wir fair.«

Loni zögerte noch immer.

»Du warst fast immer der Captain«, sagte Jannik. »Wenn wir jetzt besser als die anderen spielen, wirst du es wieder. Wenn nicht, ist es dieses Mal eben jemand anderes.«

Loni atmete laut aus, dann nickte sie. »Na gut.« Jannik nahm ihr den Brief aus der Hand und legte ihn auf die oberste Stufe vor Matiaseks Wohnung. So konnten Pinar, Kai und Elias ihn nicht übersehen.

»Los jetzt«, sagte Loni. »Die sind gleich da.«

Tatsächlich näherten sich die Schritte schneller als gedacht. Rasch drückte Jannik die Türklinke der Wohnung gegenüber von Matiasek. Er rechnete nicht damit, dass sie offen sein würde, und sie war es auch nicht.

»Die Wohnungen unten haben wir beim letzten Mal getestet«, flüsterte er Loni zu. So leise sie konnten, eilten sie die Treppe hinauf. Im dritten Stock drückte Jannik die

Klinke der Wohnung links, Loni die der auf der rechten Seite.

»Hier ist offen«, wisperte sie aufgeregt. Jannik eilte zu ihr. Aus dem zweiten Stock waren nun leise Stimmen zu hören. Die von Kai und Pinar.

»Ich glaube, Elias ist nicht bei ihnen«, sagte Jannik und ließ sich von Loni in die Wohnung ziehen.

»Der König«, sagte Loni wissend. Sicher hatte er Elias erwischt, als er sich davonschleichen wollte.

»Okay, was machen wir jetzt?« Jannik versuchte, in der Dunkelheit etwas zu erkennen. Sie standen im Flur, so viel war klar. Aus den Zimmern, die zur Wendeplatte hinaus gingen, drang ein wenig Licht. Alles, was es zum Vorschein brachte, sah heruntergekommen aus. Die Tapete hing in Fetzen von der Wand, ein paar Möbel standen noch herum. Zurückgelassen und vergessen.

»Das kann nicht das Nest sein, das Bo meint«, sagte er. Loni war derselben Meinung.

»Lass uns weiter nach oben gehen.« Sie öffnete die Tür, als es mit einem Mal laut krachte.

Gleich drauf schrie Pinar. »Kai! Kai, ist alles in Ordnung?« Kai stöhnte.

Loni zögerte. Doch Jannik schob sich an ihr vorbei. »Da ist was passiert!« Er riss die Tür auf und sprang ins Treppenhaus.

»Kai!«

Zwei grinsende Gesichter sahen ihm entgegen. Vermutete er zumindest, denn im Dunkeln sah er nur ihre Zähne und das Weiß ihrer Augen. Dann hob Kai eine Taschenlampe und hielt sie sich unters Gesicht, damit es gespenstisch aussah. »Buh«, machte er.

»Oah, ihr …«, fluchte Jannik. »Das war ein Trick!«

»Ach ja?«, sagte Pinar und rannte die Treppe hinauf. »Und ihr wart sogar so nett und habt uns eure Nachricht hinterlassen. Aber die brauchten wir gar nicht, wir hatten unsere eigene. Komm, Kai!« Kai flitzte hinter ihr her. In diesem Augenblick öffnete sich unten Matiaseks Tür. »Wer ist da?«

»Mist, was machen wir denn jetzt?«, wisperte Jannik. »Der Arme erschrickt doch zu Tode, wenn er glaubt, hier sind Einbrecher unterwegs.«

»Willst du etwa runtergehen und Hallo sagen?«, fragte Loni.

»Nein, aber …«

»Ist da wer?«, fragte Matiasek erneut.

»Was, wenn er die Polizei ruft? Dann fliegen wir alle auf. Kai hat zu Hause echt schon genug Probleme.«

Loni stand unschlüssig da. »Das wäre noch nicht mal das Schlimmste«, sagte sie. »Was, wenn er selbst nachsehen geht. Da unten ist eine Schnur gespannt, richtig? Der bricht sich doch den Hals, wenn der dadrüberstolpert.«

Damit war alles gesagt. Sie zogen die Wohnungstür hinter sich zu und gingen zur Treppe.

»Herr Matiasek?«, sagte Jannik laut, während sie sich auf den Weg zu ihm machten.

»Wer ist da?«, fragte Matiasek wieder.

»Herr Matiasek, wir sind's«, sagte Loni. »Leonie Kurz und Jannik Adler. Aus der Nummer 8.«

Sie hatten den zweiten Stock erreicht. Matiasek erschien auf seinen Stock gestützt in der Tür. Er trug einen blauweiß gestreiften Bademantel, der ihm viel zu groß war, und alte graue Pantoffeln. Wie er da im Licht seines Flurs stand, wirkte er alles andere als grimmig.

»Was macht ihr hier? Um diese Zeit?«, fragte er erstaunt.

»Es tut uns leid«, begann Jannik, während sein Hirn alles durcheinanderwarf, um eine gute Antwort auf diese Frage zu finden.

»Wir suchen meine Katze«, sagte Loni. »Meine Katze ist weggelaufen, und wir dachten … wir dachten, wir hätten sie hier drin gehört.«

»Deine Katze«, sagte Matiasek. »So, so. Und der Krach?«

»Jannik ist im Dunkeln oben gegen eine Tür gelaufen«, schob Loni schnell nach.

»Wir wollten Sie nicht erschrecken«, sagte Jannik.

»Hm, wenn das so ist«, murmelte Matiasek. »Die Katze müsst ihr morgen suchen. Das hier ist kein Ort, um nachts durch die Gegend zu schleichen. Das Treppenhauslicht geht nicht mehr.«

»Ja, das werden wir dann wohl machen«, sagte Loni.

»Entschuldigen Sie noch mal, dass wir Sie erschreckt haben.«

»Schon gut. Ihr wart ja nicht die Ersten.«

Jannik horchte auf. »Nicht?«, fragte er.

»Ich weiß nicht, was er hier wollte, aber euer Freund war vorhin auch schon da. Ihr seid doch mit dem Jungen von Königs befreundet?«

»Elias?«, fragte Loni und sah Jannik an. »Elias war hier?«

»Ja, so heißt er. Er ist an der Tür vorbeigeschlichen. Fragt ihn, vielleicht hat er deine … Katze … schon gefunden.«

»Das machen wir, Herr Matiasek, gute Nacht.«

»Gute Nacht«, sagte Matiasek. Doch er machte keine Anstalten, die Tür zu schließen.

»So habt ihr noch ein wenig Licht, bis ihr unten seid«, erklärte er.

Loni und Jannik blieb nichts anderes übrig, als tatsächlich den Weg nach unten anzutreten.

»Das war's dann wohl«, sagte Jannik, als sie das Rotthaus verließen.

»Willst du etwa schon aufgeben?« Loni schüttelte den Kopf. »Ich nicht.«

»Ach ja? Aber Matiasek steht jetzt vielleicht da oben am Fenster und guckt, ob wir wirklich gehen.«

»Garantiert sogar«, sagte Loni. »Darum gehen wir auch. Aber wir kommen zurück. Verloren haben wir schon. Aber das Nest finden werden wir trotzdem. Ich meine, wer hat die *Adler* zum Geburtstag gekriegt? Folge mir einfach.«

Jannik hatte keine bessere Idee, also tat er, was Loni sagte. Sie gingen bis zur Milchstraße Nummer 1. Das Rotthaus lag seitlich der Wendeplatte, die Milchstraße jedoch führte gerade davon weg. Wenn Matiasek an seinem Küchenfenster stand, konnte er den Spielplatz überblicken, nicht aber das, was links von ihm stattfand. Solange sie sich eng an der Hauswand hielten, waren sie also in Deckung. Am Hauseingang der Nummer 1 warteten sie einen Augenblick.

»Ich denke, jetzt ist er weg«, sagte Loni schließlich. »Er hat uns in der Milchstraße verschwinden und nicht wieder herauskommen sehen. Also, Zeit, umzukehren.« An die Wand gedrückt schlichen sie zurück, um die Hausecke herum, an dem Tor entlang, das seitlich auf den Hof der Nummer 1 führte, und weiter am äußersten Rand der Wendeplatte entlang.

»Und jetzt?«, wollte Jannik wissen. »Die Tür quietscht. Wenn Matiasek noch wartet, ob wir zurückkommen, ist er gewarnt.«

»Lass es uns über den Hof versuchen.«

»Über den Hof?«

»Hast du Tomaten auf den Ohren? Ja, über den Hof. Alle Häuser hier haben einen. Also auch das Rotthaus. Und zwar ...« Loni blieb stehen. »Hier.«

Jannik versuchte zu erkennen, was sie meinte. Zwischen

der Mauer, die den Hof der Nummer 1 abzäunte, und dem Rotthaus lag nur Gestrüpp. Eine riesige Menge an dornigem Unkraut, so hoch, dass Jannik nicht darübergucken konnte.

»Da willst du durch?«

»Klar«, flüsterte Loni und war verschwunden.

»Loni!«

»Komm schon, oder willst du hier festwachsen?« Loni streckte ihren Kopf aus dem Dickicht. »Hier ist ein Pfad.«

Jannik nahm allen Mut zusammen und folgte ihr. Die Dornen kratzten an seinen Armen und hielten sein Hemd fest, aber nach zwei Schritten lichtete sich der Wirrwarr, und er stand tatsächlich auf einen schmalen Weg. Loni war ein paar Schritte vor ihm. Jannik beeilte sich. Hier hörte man das Geräusch der Druckerei nur noch ganz schwach. Lichtjahre entfernt, dachte er.

»Und wenn die Hintertür auch quietscht?«

»Das müssen wir wohl riskieren«, sagte Loni und probierte es sogleich aus. »Na bitte. Offen.«

Die Tür schwang auf und war auf ihrer Seite. Lautlos betraten sie erneut das Treppenhaus und machten sich auf den Weg nach oben. Matiasek war wieder in seiner Wohnung verschwunden, wahrscheinlich im Wohnzimmer. Sie hörten den Ton eines Fernsehers, als sie an seiner angelehnten Tür vorüberschlichen.

Den dritten Stock ließen sie hinter sich, dort war ja

nichts gewesen. Im vierten Stock waren beide Wohnungen verschlossen. Weiter nach oben ging es nicht.

»Hier ist Schluss«, sagte Loni.

»Wir haben den Adlerruf gehört«, überlegte Jannik. »Kai und Pinar sind nach oben gegangen, aber nicht wieder runtergekommen.«

»Und Elias«, sagte Loni.

»Und Elias. Also muss es hier irgendwo weitergehen. Lass uns suchen.«

Jannik begann die Wand abzutasten. Sie fühlte sich rau an, aber irgendwie warm. Doch etwas, das ihnen weiterhelfen konnte, fand er nicht.

»Jannik«, sagte Loni da auf einmal. »Hier.«

Sie stand nur einen Schritt von ihm entfernt. Jannik hörte ein leises *Klick* und *Iiirks*, dann schwang die Wand auf.

»Wusste ich es doch«, sagte er triumphierend. »Eine Tapetentür. Hier geht es zum Dachboden.«

Sie traten hindurch. Die Öffnung war so niedrig, dass Jannik den Kopf einziehen musste. Dahinter setzte sich die Treppe fort. Jannik atmete tief ein. »Also rauf da«, sagte er und ging los.

Die Treppe war nicht nur schmaler, sie war auch steiler als die unten. Die Stufen knarzten bei jedem Schritt, als würden sie gleich unter ihrer Last nachgeben. Hier und da fehlte sogar schon ein Stück. Schweigend erklommen sie den Dachboden. Hier oben roch es anders als im Rest des

Hauses. Staubig und nach alten Büchern, nach schlechtem Essen und nach etwas, das Jannik nicht benennen konnte. Scharf und gleichzeitig so weit entfernt, dass es schon beinahe eine Täuschung sein mochte.

»Als hätten sich die Gerüche all der Jahre, in denen das Haus bewohnt war, hier oben versteckt«, sagte Loni leise. Derselbe Gedanke im selben Augenblick. Loni eben. Für eine Sekunde vergaß Jannik, dass sie auf dem Dachboden eines beinahe verlassenen Hauses standen, das jeden Moment unter ihnen zusammenbrechen konnte und in dem es höchstwahrscheinlich neben dem alten Matiasek eine Menge vierbeiniger Bewohner gab, deren Bekanntschaft er lieber nicht machen wollte.

»Ich glaube, da geht's lang«, sagte Loni, als sich ihre Augen ein wenig an das schummerige Mondlicht gewöhnt hatten, das hier durch einige Dachluken hereinfiel. Sie standen in einem Gang. Rechts und links zweigten Abteile ab, durch Wände aus Holzlatten voneinander getrennt. Auch die Türen waren aus Holz.

»Was meinst du, welche ist es?«, fragte Jannik.

»Psst«, machte Loni. »Hörst du das?«

Sie lauschten. Jannik konnte seinen Atem hören. Auch den von Loni. Das Brummen von der Straße her. Und da war noch etwas. Ein leises Klopfen. Fünfmal. Pause. Viermal. Pause. Dreimal.

»Hast du das gehört?«, wisperte er.

Wieder klopfte es. Fünf. Vier. Drei. Fünf. Vier. Drei.

»Das ist ein Code«, raunte Loni.

»Was denn für ein Code?«

»Ein geheimer Code. Das kam von dort.« Loni zeigte den Gang hinunter. Sie schlichen vorwärts.

»Was, wenn es nicht Bo ist?«, überlegte Jannik. Loni antwortete nicht, was vielleicht auch besser war. Wieder begann das Klopfen.

»Fünf. Vier. Drei«, sagte Jannik. Das Klopfen hielt an. Fünf-vier-drei-fünf-vier-drei. Keine Pause.

»Da hinten«, sagte Loni. »Das Abteil.« Sie deutete auf die letzte Tür im Gang. Die stand einen Spaltbreit offen. Jannik ging darauf zu. Jetzt galt es. Sie waren die Letzten. Aber sie waren Adler, richtig? Er holte Luft, dann zog er die Tür auf.

Das Abteil war bis oben hin voll mit Sachen. Jannik sah Kisten, Koffer, Regale mit Büchern, ein altes Schaukelpferd, ein Paar Skier, eine alte Matratze, Bretter, die in einem Stapel an der Seitenwand lagen, eine Stehlampe und noch allerlei anderes Gerümpel, in das er lieber keinen Fuß setzen wollte. Auf einmal bewegte sich etwas.

»Jannik. Vorsicht!«, rief Loni hinter ihm. Da war jemand. Eine dunkle Gestalt baute sich vor Jannik auf. Er schrie. Dann ging das Licht an.

»Willkommen im Adlerhorst!«, sagte Bo feixend.

Jannik sah sich um. Was ihm im Schummerlicht wie ein

undurchsichtiger Wald aus altem Krempel vorgekommen war, entpuppte sich als ein Raum voller Geheimnisse. Und mittendrin stand Bo. Er grinste übers ganze Gesicht.

»Schön, dass ihr auch endlich kommt. Dann sind wir jetzt wohl vollzählig.«

Hinter den Kisten sprangen Kai und Pinar hervor. Elias schälte sich aus einer Kleiderstange mit alten Mänteln.

»Das hat aber lang gedauert«, zog er sie auf. »Habt ihr auf dem Weg ein Kaffeekränzchen veranstaltet?«

»Und ihr?«, gab Loni zurück. »Kann es sein, dass ihr nicht fair gespielt habt?«

Elias und Pinar grinsten. »Wir waren bloß etwas cleverer als ihr«, sagte Pinar. Jannik sah zu Kai. Der guckte zur Seite, als suche er etwas zwischen den Kisten.

»Suchst du dein schlechtes Gewissen?«, fragte Jannik. »Das kannst du lassen.« Er war sauer. Woher Elias seinen Vorsprung hatte, wusste er nicht, aber Kai und Pinar hatten sich ihren durch einen gemeinen Trick erarbeitet. Punkt.

»Na, nun streitet mal nicht«, sagte Bo. »Lasst uns lieber sehen, wie die erste Partie abgelaufen ist.« Er schob ein paar Kisten zu einem Kreis zusammen. »Setzt euch. Und dann erzählt. Elias, du fängst an.«

Sie hockten sich auf die Kisten. Elias blieb stehen. »Die Partie war ganz easy«, begann er. »Wir waren um zehn am Spielplatz verabredet. Aber als ich nach Hause kam, lag vor der Tür ein Brief für mich. Darin stand, dass der Steinadler ein Einzelgänger ist. Und eine Uhrzeit und noch eine Zahlenreihe.« Elias holte den Zettel hervor und las. »*Willst du wissen, ob du der Schlüssel zum Geheimnis bist?* Und darunter *21:45* und dann *478*«.

»Was ist das?«, wollte Pinar wissen.

»Unsere Hausnummern«, sagte Jannik. »Aber was bed–?«

»Ein Zahlencode«, rief Kai, der sich mit Detektivgeschichten bestens auskannte.

»Du hattest also einen Vorsprung!«, stellte Loni schniefend fest. Ihre Allergie schlug mal wieder zu. Der Staub der Jahre schnürt ihr die Luft ab, dachte Jannik.

Aber Loni verschwendete keinen Gedanken daran. Es schien ihr nicht zu gefallen, dass Elias gewonnen hatte. Natürlich nicht, überlegte Jannik. Loni will ja auch immer gewinnen.

»Das dachte ich auch«, sagte Elias. »Aber als ich am Haus angekommen bin, war die Tür zu.«

»Hä?«, fragte Kai. »Als wir rein sind, war sie offen. Wie immer.«

»Bei uns auch«, sagte Jannik.

»Bei mir nicht. Die Tür war von innen blockiert. Mit einer umgekippten Leiter.

»Und wie bist du dann ins Haus gekommen?«, wollte Pinar wissen.

»Ich hab bei Matiasek geklingelt«, erklärte Elias.

Jannik und Loni sahen sich an.

»Stimmt nicht«, sagte Jannik. »Er hat gesagt, er hätte dich gesehen. Aber nicht, dass du bei ihm warst.«

»Weil ich nicht bei ihm war. Ich hab einfach geklingelt, und als er die Leiter weggeräumt und aufgemacht hat, hab ich mich versteckt. Bis er wieder in seiner Wohnung verschwunden ist. Das hat ewig gedauert. Ich hab gesehen, wie ihr auf den Spielplatz gekommen seid.« Er guckte Loni an, dann Jannik. »Ich dachte schon, ihr entdeckt mich. Habt ihr aber nicht. Als er dann endlich wieder die Treppe hoch war, bin ich rein und habe angefangen zu suchen. Aber ab da war's ganz leicht. War doch klar, dass nicht die Wohnung im Dritten gemeint sein kann. Die würde ja jeder finden.« Elias setzte sich, und nun sah er Bo stolz an.

»Warte mal«, sagte Jannik. »Der Matiasek ist die Treppe runter, um dir die Tür zu öffnen?«

»Klar«, antwortete Elias. »Die Summer gehen schon ewig nicht mehr.«

»Und das hast du gewusst?«

Elias zuckte mit den Schultern. »Ja. Und?«

»Du hast echt den Matiasek mit seinem Stock zwei Stockwerke runtergeschickt ohne Licht, damit du gewinnst?«

»Sei doch froh. Sonst wärt ihr schließlich auch nicht ins Haus gekommen.«

»Aber Matiasek hätte sich alle Knochen brechen können«, sagte Loni. »Da war doch auch die Schnur.«

»Schnur?«, fragte Elias. »Nö, bei mir war da keine Schnur.«

86

Bo grinste.

»Trotzdem hätte er sich was tun können«, beharrte Jannik.

»Hat er aber nicht.« Elias wandte sich Bo zu. »Wofür ist der Zahlencode?«

»Das musst du noch herausfinden«, sagte Bo. »Vielleicht suchst du dir dazu Hilfe.«

»Ich dachte, meine Aufgabe wäre es, alleine zu spielen«, wunderte sich Elias. Doch Bo wandte sich an Kai und Pinar. »Wie war es bei euch?«

»Ich hatte auch einen Brief«, sagte Kai leise.

»Zeig«, sagte Loni.

Kai schüttelte den Kopf. »Ich hab ihn nicht mitgenommen. Aber darin stand, dass Adler immer nur maximal einen Partner haben. Und da dachte ich, das muss Pinar sein, weil wir ja im selben Haus wohnen.« Er wurde rot. »Pinar fand das auch. Also sind wir los und haben uns versteckt. Wir haben euch beobachtet. Erst als ihr im Haus wart, sind wir rausgekommen.«

»Danke, den Rest kennen wir«, sagte Loni kühl.

»Und wer hat gewonnen? Was meint ihr?«, fragte Bo in die Runde. Sie alle sahen ihn fragend an.

»Elias natürlich«, sagte Jannik.

»Genau, er war doch als Erster da.« Pinar wartete, ob jemand anderer Meinung war, doch keiner widersprach.

»Da seid ihr euch sicher? Und was ist mit Loni und Jannik?«, fragte Bo.

»Aber sie waren die Letzten!«, rief Elias.

»Psst!«, machten Kai, Jannik und Pinar gleichzeitig.

»Ja, wir waren die Letzten«, sagte Loni. »Aber bloß, weil wir fair gespielt haben. Und weil wir Matiasek nicht nachts alleine durchs Haus laufen lassen wollten. So wie ihr.«

»Dann seid ihr also die Guten«, stellte Kai fest. »Und es gibt beides bei den Adlern.«

»Ja, toll.« Elias verdrehte die Augen. »Dann seid ihr die Guten, und wir sind von mir aus eben die Bösen. Tja, ich würde sagen, in diesem Fall haben die Bösen gewonnen.«

Wieder guckten sie alle zu Bo. Doch statt etwas zu sagen, stand der auf.

»Also, das hier ist euer neues Hauptquartier. Viel Spaß beim Gemütlichmachen.« Er lächelte in die Runde, dann ging er.

Fünf - vier - drei

»Fünfmal, viermal, dreimal«, murmelte Jannik. »Fünf, vier, drei.« Er hockte im Schatten des Tors und starrte auf seine Uhr. In zwei Minuten und vierundzwanzig Sekunden musste er los. Loni war vor sieben Minuten und sechsundzwanzig Sekunden gestartet. Wenn alles glattging, war sie gerade im Treppenhaus und wartete darauf, von Elias durch die Tapetentür im vierten Stock eingelassen zu werden.

Vier Wochen war es her, dass sie in den Adlerhorst gezogen waren. Vier Wochen und einen Tag, um genau zu sein. Um ihre Sachen aus dem Mars dorthin zu verlegen, hatten sie sich ein ausgeklügeltes System ausgedacht. Erst hatten sie überlegt, den Umzug nachts zu machen, doch sich Abend für Abend heimlich zu Hause raus und in den Mars zu schleichen, um diesen dann mit den Armen voller Zeug zu verlassen, war schlicht nicht machbar. Es wäre nur eine Frage der Zeit, ehe einer von ihnen erwischt und zur Rede gestellt würde. Tags, wenn alle beschäftigt waren, war die ganze Sache weitaus unauffälliger. Auf sie achtete in diesen Tagen ohnehin kaum jemand. Alle Augen waren auf die Druckerei gerichtet. Beziehungsweise auf das Tor. Denn dort versammelten sich seit vier Wochen jeden Morgen die Angestellten, denen gekündigt worden war, um zu streiken. Achim führte sie an.

»Gibt das nicht Ärger?«, hatte Jannik gefragt.

»Natürlich«, hatte Bo ihm erklärt. »Aber genau das ist ja der Sinn der Sache. Sie kämpfen für ihre Jobs.«

Und das, so hatte Achim ihnen verkündet, würden sie nun so lange machen, bis die Kündigung zurückgenommen würde.

»Oder bis die Zeit abgelaufen ist«, hatte Jannik eingeworfen. Achim hatte genickt. »Richtig. Genau das.«

Seitdem saßen also alle, die ihren Job verlieren sollten, nun am Tor und streikten. Tagein, tagaus. Aber geholfen hatte es bisher nichts. Doch nicht nur Achim und die anderen Betroffenen engagierten sich. Auch Bo sprach von nichts anderem mehr. Diese Sache, obwohl sie doch nicht seine war, beschäftigte ihn mehr als alle Ozeane und radioaktiven Züge. Noch öfter als zuvor war er bei Katha. Und auch im Café traf man ihn, das zum Treffpunkt der Streikenden geworden war. Hier diskutierte er mit Achim und den anderen, stellte Fragen oder starrte düster in seinen Laptop. Nur wenn er den Adlern begegnete, kam seine gute Laune zurück.

Von ihrem Rückzug vom Mars hatte darum aber tatsächlich niemand etwas mitbekommen. Und das war sehr gut so.

Damit jedoch auch Matiasek nichts merkte, hatten sie sich ein System überlegt. Der Erste von ihnen war der Späher. Der Späher hatte nie viel dabei, er musste wendig bleiben und jederzeit abhauen können.

Hatte er es auf den Dachboden geschafft, gab er aus der Luke einen Adlerruf ab. Der Nächste von ihnen wartete bereits am Hoftor der Nummer 1. Sobald das Signal ertönte, bestätigte er es, indem er fünfmal gegen eine Strebe des Tors schlug. Dann machte er sich auf den Weg in den Rotthaushof. Danach war die nächste Sicherheitsstufe dran. Sie hatten beschlossen, die Signale, die Bo ihnen beim ersten Weg ins Nest vorgegeben hatte, bei jedem Gang zu verändern, damit Matiasek nicht doch stutzig wurde. Nur die Zahlen blieben gleich. So würde Matiasek hoffentlich nicht misstrauisch werden.

»Fünfmal klopfen, viermal husten, dreimal pfeifen«, murmelte Jannik. Das war sein heutiger Code. Noch einmal, dann hatten sie es geschafft. Der Mars war verlassen.

Er stand auf und prüfte die Zeit. »Zehn, neun, acht …« Er zählte den Countdown runter bis null und ging los. Dabei prüfte er unauffällig, ob ihn jemand beobachtete. Die Straße war leer. Jannik drückte sich an die Hauswand. Die Wendeplatte lag vor ihm. Auch der Spielplatz war verlassen, soweit er es sehen konnte. Jannik zog den Schraubenzieher aus der Hosentasche und schlug damit fünfmal gegen eine der Eisenstreben. Dann spähte er zu den Fenstern. Tauchte Matiasek in seiner Küche auf? Hatte er ihren Code doch geknackt und wusste, dass etwas vor sich ging? Nein. Es tat sich nichts. Als Jannik sicher sein konnte, nicht beobachtet zu werden, hastete er zum Haus hinüber und schlich sich nach hinten in den Hof.

Es war nicht leicht, sich geräuschlos durch das Unkraut zu kämpfen, das hier wucherte, doch Jannik schaffte auch dies einigermaßen leise. Der Hof lag vor ihm. Jannik hielt die Luft an.

»Kein Schisser«, murmelte er. »Du bist kein Schisser mehr. Du bist jetzt ein Adler!«

Das hatte er sich fest vorgenommen. Die anderen sollten sehen, dass er aus demselben Holz geschnitzt war wie sie. Nach der Entdeckung des Adlerhorsts vor zwei Wochen und nachdem Bo gegangen war, hatten sie entschieden, dass für dieses Mal tatsächlich Elias gewonnen hatte. Und Loni hatte überlegt, ob es sich nicht doch eher lohnte, eindeutig auf der bösen Seite zu spielen, statt beides zu sein.

»Die Bösen müssen sich nie an die Regeln halten«, hatte sie Jannik erklärt, als er widersprochen hatte. »Das heißt logischerweise, dass sie immer gewinnen.«

»Nicht, wenn die Guten einfach schlauer spielen«, hatte Jannik widersprochen, ohne eine Idee zu haben, wie das gehen sollte, wenn sie von Bo ständig neue Aufgaben gestellt bekamen, von denen man nie wusste, wann man plötzlich über sie stolperte. Es war auch nicht so, dass stets von Anfang an klar war, dass es überhaupt Böse oder Gute gab. Fast immer stellte es sich erst mit der Zeit heraus. Alle

Arten von Aufgaben hatten sie schon gelöst. Meistens waren es irgendwelche Mutproben, die Bo in Rätsel verpackt hatte. Sie wurden immer schneller darin, eine Lösung für diese zu finden. Und dann setzten sie die Lösung sofort in die Tat um. So waren sie auf dem Tor der Druckerei balanciert, als gerade niemand im Pförtnerhäuschen saß, weil Bo in seinem Rätsel von einem *schmalen Grat* und einem *altbekannten Schnurren* gesprochen hatte. Sie hatten einen Weg gefunden, die ganze Milchstraße entlang von einem Hinterhof zum nächsten zu gelangen, ohne durch die Häuser zu gehen, weil in einer Aufgabe die Rede von *neuen Wegen* war, auf denen die Adler sich bewegten, ohne dass man es auf der Straße bemerkte. Sie waren ohne Fahrkarte in den Bus gestiegen. Hier hatten sie lange diskutiert, doch das Rätsel war eindeutig gewesen. *Die Straßenbahn wird euch ans Ziel führen. Doch bleibt dabei geheim.* Da es keine Bahn mehr gab, hatten sie sich für den Bus entschieden. Und sie hatten nach und nach alle Wohnungen im Rotthaus erkundet, weil in einer Botschaft gestanden hatte, es gäbe vieles, was *in nächster Nähe vor ihnen verborgen* sei. Da sie die Botschaft im Adlerhorst gefunden hatten, musste es sich um das Rotthaus handeln. Dafür hatte Elias seinem Vater den Bund mit den Ersatzschlüsseln stibitzt.

Diese Aufgabe war Jannik von allem am gefährlichsten vorgekommen. Denn die meisten Wohnungen sahen so aus, als wären ihre Bewohner gerade erst gegangen. Zugleich waren sie so heruntergekommen, dass man sich nicht vorstellen konnte, wie dort überhaupt mal jemand hatte leben können.

Die anderen waren Feuer und Flamme, was Bos Abenteuer anging. Die Hauptsache war jedes Mal, überhaupt herauszufinden, was sie zu tun hatten.

Jannik hatte Bo gefragt, warum sie dauernd Dinge machen sollten, die verboten waren.

»Habe ich euch das aufgetragen?«, hatte Bo geantwortet.

»Klar hast du das«, hatte Jannik gesagt.

»Aber müsst ihr denn alles tun, was ich sage?«, hatte Bo gefragt.

»Müssen wir nicht?«, hatte Jannik wissen wollen.

»Nikkel, wo steht das geschrieben? Denk nach!«, hatte Bo ihn aufgefordert.

»Denk nach«, murmelte Jannik Bos Worte vor sich hin. Er sah sich um. »Selbst denken. Das meint Bo. Sicher.« Nur war das gar nicht so einfach, wenn man schon mittendrin steckte. So wie jetzt.

Der Rotthaushof war mindestens so unheimlich wie das Haus, jedes Mal wieder. Auch hier sah es aus, als hätte das Leben plötzlich einen Herzstillstand erlitten. Auf der rechten Seite schloss eine von Efeu überwucherte Mauer an die Hauswand an. Sie rahmte den Hof ein wie ein U. Der einzige Durchgang, den es gab, lag zwischen den Büschen, wo Jannik den Hof betreten hatte. Auch er war sehr schmal, und früher einmal hatte ein Tor Fremde daran gehindert, den Hof einfach zu betreten. Das gab es schon lange nicht mehr, und es war nie ersetzt worden, weil es ja keiner mehr brauchte. In einer Ecke stapelten sich alte Ziegelsteine. Müll lag herum, Plastiktüten, die vielleicht der Wind angeweht hatte, ein kaputter Stuhl, Autoreifen. Das erwartete man nicht anders bei einem Haus wie diesem. Niemand war da, der den Hof sauber hielt. Doch auf dem Rotthaushof gab es noch eine andere Sache, die vom früheren Leben hier übrig geblieben war: Schienen.

Man sah sie nicht gleich, sie waren von demselben Unkraut überwuchert, das auch Jannik den Weg erschwert hatte. Aber hinter dem Haus machten sie eine Kurve, liefen in der Mitte des Hofs weiter und geradeaus auf die rückwärtige Mauer zu. Dort verschwanden sie unter den Backsteinen. Wo führten diese Gleise hin? Stammten sie von früher? Und warum hatte niemand daran gedacht, sie hier im Hof abzureißen, wenn man sie doch auch vorne auf der Straße beseitigt hatte?

Jannik sah auf die Uhr. Es war an der Zeit. Er hustete, viermal in unregelmäßigem Abstand. Alles blieb still. Perfekt. Also pfiff Jannik dreimal wie eine Amsel – zumindest so ähnlich.

Niemand antwortete.

»Wo sind die denn?«, fragte Jannik den Efeu an der Mauer. Er raschelte im Wind. Aber mehr wussten die Blätter auch nicht zu sagen. Jannik zögerte, dann warf er einen schnellen Blick zur Hintertür, auch wenn sie vereinbart hatten, genau dies nicht zu tun. Falls doch mal jemand zusah, war das schließlich viel zu auffällig. Aber er konnte nicht anders. Wo blieb sein Zeichen, dass die Luft rein war? Elias musste längst da sein. Und Loni. Pinar würde jeden Moment losgehen, und dann würde es zu einem Auflauf hier im Hof kommen. Er pfiff noch einmal. Aber als Antwort hörte er nur das Rattern der Druckerei und das Signal, dass das Tor sich öffnete.

Wahrscheinlich war er zu leise gewesen. Die Dachluke stand offen, aber dennoch, das Haus war immerhin fünf Stockwerke hoch.

Jannik starrte nervös zu Boden. Die Hauswand in seinem Rücken war warm. Nachmittags schien die Sonne in den Hof. Ein paar Zentimeter links von seinen Füßen war ein Loch in der Mauer. Eine Maus huschte daraus hervor, beäugte Jannik und versteckte sich sogleich wieder.

»Du Schisser«, flüsterte er ihr zu. »Oder bist du nur clever, weil du dich in Acht nimmst und dich vor deinen Feinden versteckst?« Die Maus lugte erneut aus ihrem Loch. Sie wartete einen Augenblick, beobachtete Jannik mit ihren dunklen Knopfaugen, schnupperte. Lag Gefahr in der Luft?

Wohl nicht, denn sie kam wieder hervor, lief an Janniks Fuß, der ihr im Weg stand, vorbei und verschwand über den Hof.

»Hast erkannt, dass ich dir nichts tue, was?«, gab Jannik ihr mit auf den Weg. »Aber sei vorsichtig. Manche Maus ist in Wirklichkeit ein Adler.«

Das Tor hatte sich wieder geschlossen. Das Rattern ging unvermindert weiter. Was wohl so ein Geräusch machte? Klang eher wie eine kaputte Maschine als wie eine, der man vertrauen konnte.

Und dann war es auf einmal da: Ein Adler rief von oben. Endlich!

Jannik huschte zur Hintertür. Auf Zehenspitzen nahm er die Treppe in Angriff. Stockwerk für Stockwerk. Immer wieder hielt er an, um sich zu vergewissern, dass außer seinem Atem nichts zu hören war. Den zweiten Stock brachte er so schnell wie möglich hinter sich, obwohl Matiaseks Wohnungstür geschlossen war.

Sein Herz schlug wie ein Presslufthammer, dabei ging es doch bloß darum, den Adlerhorst geheim zu halten. Aber das wollte er um jeden Preis.

Im vierten Stock klopfte er gegen die Dachbodentür. Fünfmal, viermal, dreimal.

Wieder dauerte es einen Moment, der ihm viel zu lang erschien. Dann hörte er leise Schritte auf der Stiege, und schließlich schwang die Tapetentür auf.

»Warum hat das denn so lange gedauert?«, beschwerte sich Jannik.

»Psst, komm erst mal rein«, flüsterte Elias und schloss

die Tür hinter ihm. Loni erwartete sie bereits im Adlerhorst.

»Also, warum habt ihr mich da unten so lang stehen lassen«, erkundigte Jannik sich erneut.

»Es gab Komplikationen«, sagte Elias geheimnisvoll.

»Komplikationen?«

»Matiasek«, erklärte Loni.

»Matiasek?« Jannik kam sich vor wie ein Echo. Ein etwas dummes Echo.

»Er hat einen Spaziergang gemacht.«

»Jetzt?«, wunderte sich Jannik. »Es ist doch gar nicht Zeit für seinen Kaffee.«

»Gerade als du auf dem Weg in den Hof warst, ist er rausgekommen. Wir mussten uns still verhalten, bis er außer Sichtweite war.«

»Und das hat gedauert«, sagte Jannik grinsend.

»Jetzt ist er jedenfalls weg. Garantiert ist Pinar ihm begegnet, sonst wäre sie schon hier.«

In diesem Augenblick drang von unten ein Husten herauf.

»Eins … zwei … drei …«, zählte Jannik leise mit. »Vier. Das ist sie.« Er wollte schon zur Stiege, um die Tapetentür zu öffnen, aber Loni hielt ihn zurück.

»Noch … haatschiii!« Sie wischte sich die Nase mit dem Ärmel ab. »Noch nicht.«

»Aber Matiasek ist doch nicht da«, warf Jannik ein.

»Trotzdem«, sagte Loni. »Der Code.«

Richtig. Wenn sie den Code erst mal außer Kraft setzten, würde er nie wieder funktionieren. Das hatten sie schon bei der einen oder anderen Partie erfahren. Zunächst mussten alle die Regeln im Schlaf beherrschen, dann erst konnte man anfangen, sie zu umgehen.

Die Amsel sang im Hof. Der Adler antwortete. Loni zog den Kopf aus der Luke zurück und strahlte sie stolz an. »Ich werde immer besser.«

»Stimmt, du Adlerküken.« Elias knuffte sie.

»Ich lasse sie rein«, sagte Jannik und lief nun endlich los. Hinter der Tür wartete er, bis das Klopfen erklang. Er öffnete. Pinar rauschte herein und stürmte die Stiege hinauf.

»Matiasek«, keuchte sie. Jannik kletterte schnell hinter ihr her, und zeitgleich kamen sie im Adlerhorst an.

Gerade wollten sie es sich auf den Kisten gemütlich machen und besprechen, was sie als Nächstes tun wollten, da drang plötzlich ein lauter Ruf durch die offene Luke zu ihnen herein.

»Habt ihr das gehört?«, flüsterte Loni.

»Ein Adler!«, bestätigte Jannik. Sie rannten alle gleichzeitig zur Dachluke.

»Wir müssen ihm antworten«, rief Pinar.

Und vier Adler ließen im Chor ihren Schrei hören. Sie lauschten.

Ein paar Sekunden vergingen, dann rief der Adler erneut.

»Er entfernt sich«, sagte Pinar.

»Er will, dass wir ihm folgen.« Elias blickte von einem zum anderen. »Los, wir antworten ihm und machen uns auf die Socken.«

»Die Flügel, meinst du wohl«, sagte Loni. Dann stießen sie erneut ihren vierstimmigen Adlerruf aus und verließen eilig das Nest.

Im Hof angekommen, sahen sie sich um.

»Hier ist er nicht«, stellte Loni fest. »Aber der Ruf kam doch aus dieser Richtung.«

»Vielleicht ist er in der Milchstraße!«, sagte Jannik und lief los.

»Stopp, Jannik!«, rief Loni. »Seht mal!«

Jannik hielt an und drehte sich um. Loni zeigte auf die überwucherte Mauer. Jannik konnte nichts entdecken. Da waren der Efeu, die Mauer, die Schienen …

»Die Schienen!«, rief er. Jetzt sahen die anderen es auch. Am Ende des Hofs, da, wo die Gleise in der Mauer verschwanden, lag etwas. Loni lief los. Sie folgten ihr. Natürlich, das wollte sich keiner von ihnen entgehen lassen.

Es war eine Kiste, die dort stand.

»Mach sie auf!« Pinar hüpfte aufgeregt von einem Fuß auf den anderen.

»Nur die Ruhe«, sagte Loni. Sie kniete bereits davor und begutachtete den verschlossenen Deckel. Plötzlich machte sie große Augen. »Ein Zahlenschloss!«

»Und? Was ist daran so besonders?«, fragte Pinar.

Jannik hatte es schon verstanden. »Elias, wo ist der Code?«

»Welcher Code?«

»Der Zahlencode von deinem Rätsel.«

Elias kramte in seiner Hosentasche. »Hier«, sagte er und reichte Loni den Zettel.

»Vier-sieben-acht«, las sie und stellte die Zahlen ein. Das Schloss schnappte auf.

»Was ist drin?« Pinar hockte sich neben sie. Um besser sehen zu können, klar. Bloß, dass sie damit Jannik den Blick versperrte.

»Geh mal zur Seite.« Er rückte näher.

Loni löste das Schloss und hob den Deckel der Kiste.

»Hä?«, entfuhr es Jannik. Denn die Kiste war leer. Einen Augenblick sahen sich alle ratlos an.

Loni fasste sich als Erste. »Wartet mal.« Sie tastete die Kiste ab. »Ich glaube, die hat einen doppelten Boden.« Sie bohrte mit dem Zeigefinger in einer Ecke herum, und tatsächlich hob sie ein dünnes Brett an. Darunter kam eine Karte zum Vorschein.

»Was steht darauf?« Elias schnappte sie sich und hielt sie in die Höhe.

»*Der Adler muss wissen, wer sein Freund ist.*«

»Ein neues Rätsel?« Pinar zog eine Schnute.

Wer sein Freund ist. Was meinte Bo denn nun schon wieder? Ging es wirklich um Freunde? Oder war es ein Trick, und er wollte sie auf eine falsche Fährte locken? Nachdenken, ermahnte Jannik sich.

»Wir sind unsere Freunde.« Loni guckte in die Runde. »Aber das wäre zu einfach, oder?«

»Stimmt das denn auch? Vielleicht spielt einer von uns ja ein falsches Spiel«, sagte Elias nachdenklich.

»Wie bei den Krakenköpfen?« Jannik schüttelte den Kopf. »Nein, das glaube ich nicht.

»Hier ist noch was«, sagte Loni. An der doppelten Bodenplatte, die sie in den Händen hielt, klebte etwas.

»Ein Schlüssel.« Sie fummelte ihn ab.

»Wofür ist der?«, fragte Jannik.

»Keine Ahnung.« Loni betrachtete ihn. »Zur Kiste passt er nicht, er ist zu groß.«

»Wahrscheinlich brauchen wir ihn für eine der nächsten Aufgaben«, sagte Pinar.

»Zeig her.« Elias nahm Loni den Schlüssel ab und betrachtete ihn.

»Sagt mal, wo bleibt eigentlich Kai?«, fragte Loni.

Jannik sah sie an. »Verdammt, der müsste längst da sein. Ob was passiert ist?«

»Vielleicht ist er im Kaffeeladen aufgehalten wor–«

»Seht mal«, unterbrach Loni ihn. Sie hatte die Karte mit der Botschaft umgedreht. »Das ist ein altes Foto!«

Die Rückseite der Nachricht zeigte eine Schwarzweißfotografie von zwei Jungen. Sie balancierten auf Schienen, der jüngere von ihnen hatte Rollschuhe an den Riemen um den Hals baumeln.

»Das ist hier im Hof!«, rief Jannik. Es sah zwar alles noch ganz anders aus, kein Unkraut hatte sich breitgemacht, auch kein Müll lag herum. Und die Mauern ringsum fehlten. Aber es waren eindeutig die Gleise, auf denen sie gerade standen. Sie kamen seitlich am Haus entlang in den Hof. Rechts neben dem Rotthaus war ein kleiner Bahnsteig. Links stand ein weiteres Haus.

»Wer ist das?«, flüsterte Loni aufgeregt.

»Vielleicht –«

»Kommt!«, schallte da ein Ruf zu ihnen her. »Kommt schnell!«

Alle fuhren hoch. Kai stürzte auf den Hof. Er war blass.

»Kai!«, rief Jannik. »Wo warst du? Was ist los?«

»Kommt schnell«, brüllte Kai anstelle einer Antwort und drehte sofort wieder um.

»Was ist denn los?«, fragte Loni, doch Kai rannte. Irgendetwas war passiert.

Sie folgten Kai über den Hof, hinaus auf die Wendeplatte und die Straße hinunter.

»Was ist denn?«, rief Loni immer wieder. Kai schwieg. Sie rannten die Straße entlang. Dann sahen sie es plötzlich. Am Tor der Druckerei waren wie immer die Streikenden versammelt. Doch im Gegensatz zu sonst saßen sie nicht friedlich davor. Sie drängelten sich und riefen laut durcheinander. Ganz vorne stand Achim. Auch er brüllte etwas. Und er blutete am Kopf.

»Papa!«, rief Kai, doch da tauchte plötzlich Katha hinter ihm auf und packte ihn am Ärmel.

»Komm!«, rief sie ihm zu.

Kai riss sich los. »Nein!«

Aber Katha war unerbittlich. »Mama will, dass wir ins Café kommen. Beide! Sofort!«

Kai ließ sich von ihr mitziehen. Im Weglaufen drehte er sich um und guckte Jannik an. Was passiert da?, schien er zu fragen. Jannik hob die Schultern. Er hatte keine Ahnung. Mit einem Mal stand Bo neben ihm.

»Was macht ihr hier?«, fragte Bo. »Nikkel, was macht ihr hier?«

Jannik antwortete gar nicht erst. »Was ist hier los?«, fragte er. »Warum blutet Achim?«

»Er hat sich geprügelt.«

»Achim?« Jannik konnte sich das gar nicht vorstellen. Noch seltsamer aber war, dass Bo es anscheinend gar nicht so schlimm fand.

»Warum?«

»Weil er allen Grund dazu hat«, gab Bo nur düster zurück. Das war keine Antwort, und Jannik hatte außerdem noch ungefähr eine Million Fragen, doch er wurde unterbrochen.

»Mama!«, flüsterte Loni neben ihm. So leise, dass er es in all dem Lärm kaum hörte. Sie zeigte auf das Tor. Dort waren gerade ein paar neue Leute angekommen. Sie schienen mit dem Tumult nichts zu tun zu haben, drückten sich an den anderen vorbei und betraten den Hof. Sie waren nicht aus der Straße. Jedenfalls die meisten von ihnen. Zwischen all den unbekannten Gesichtern erkannte Jannik Frau Graue aus der Nummer 14 und Herrn und Frau Pape aus Kais und Pinars Haus. Und auch Hanne war unter ihnen. Sie blickte auf, als sie an Achim vorbeilief. Für eine Sekunde sahen sich beide an. Und in diesem Moment schien Hanne etwas klarzuwerden.

»Das ist ihr neuer Job?«, fragte Elias.

Loni sah ihn verwirrt an. »Ich weiß nicht ... Ja ... ich glaube ... Also, sie hat gesagt, dass sie in der Druckerei anfängt.«

»Aber was hat das eine mit dem anderen zu tun?«, überlegte Pinar.

»Das kann ich euch sagen.« Bo starrte noch immer auf die Gruppe, die sich gerade ein Stück näher an das Tor heranschob.

»Die Stellen, die Achim und die anderen hier verloren haben, wurden neu vergeben.«

»Woher weißt du das?«, fragte Jannik.

»Weil das immer so ist«, sagte Bo düster. »Frag mal deine Mutter, wie viel sie verdient, Loni.«

»Warum?« Loni sah ihn erschrocken an. Jannik ebenso. Bo war noch nie so wütend gewesen.

»Ich wette, sie bekommt weniger als Achim.«

»Sie ist ja auch nur den halben Tag da«, verteidigte Loni ihre Mutter. »Und das kann außerdem gar nicht sein. Hier draußen stehen viel mehr Leute als die paar, die da gerade reingegangen sind.«

»Noch«, sagte Bo. »Aber wer weiß, wie lange. Deine Mutter und die anderen hier sind sicher nur der Anfang.« Es klang, als wäre Hanne an alldem schuld.

»Sei nicht ungerecht, Bo«, sagte Jannik. Denn das war es, oder?

Bo sah ihn lange an. Doch er antwortete nicht. Stattdessen schüttelte er nur den Kopf.

Von weitem waren Polizeisirenen zu hören.

»Lasst uns zu Luisa gehen.« Was auch immer hier passierte, Jannik wollte lieber nicht länger bleiben.

»Geht ohne mich.« Bo drehte den Kopf in die Richtung, aus der die Polizei kam.

»Bo, das ist keine Umweltaktion«, versuchte Jannik ihn zum Mitkommen zu bewegen.

»Das weiß ich«, sagte Bo. »Glaub mir, Nikkel, das weiß ich.«

Bo schüttelte den Kopf. Dann ging er zu Achim hinüber, und die beiden vertieften sich augenblicklich mit finsterer Miene in ein Gespräch.

106

»Ich bleibe auch«, sagte Elias.

»Komm, Loni.« Jannik hatte nicht vor, auch noch Elias gut zuzureden.

»Ja, lasst uns lieber gehen.« Pinar trat neben Jannik, und gemeinsam zogen sie Loni fort, die wie festgenagelt auf das Tor starrte, wo ihre Mutter längst verschwunden war.

Im Kaffeeladen war es voller als an Silvester, wenn die Bewohner aus der Milchstraße zusammen feierten. Alle redeten aufgeregt durcheinander. Jannik bahnte ihnen mit dem Ellbogen einen Weg zur Theke. Am ehesten würden sie Kai hier finden.

»Ist Bo noch am Tor?«, rief ihm plötzlich jemand ins Ohr. Jannik sah auf. Katha.

»Ja. Er unterhält sich mit deinem Vater«, antwortete er. »Gerade ist die Polizei angekommen.«

Katha drehte sich auf dem Absatz um und drängelte sich durch die Leute zur Tür. Jannik, Loni und Pinar hatten gerade die Theke erreicht, als Luisa daraufkletterte.

»Jetzt seid doch bitte mal alle ruhig!«, rief sie, die Hände um den Mund gelegt wie ein Megaphon.

Es dauerte einige Augenblicke, aber schließlich legte sich der Lärm, und Luisa konnte etwas sagen.

»Ich weiß, ihr seid durcheinander. Ich bin es auch. Aber es bringt überhaupt nichts, wenn wir uns hier noch zusätzlich aufregen.«

»Wir sollten zur Druckerei!«, sagte Pinars Vater laut. Jannik hob den Kopf. Er hatte ihn bei all den Leuten gar nicht gesehen. Auch Pinar schien überrascht.

»Was machen die alle hier?«, flüsterte Loni. Endlich sagte sie etwas. »Es ist doch mitten am Tag.«

Sie hatte recht. Normalerweise arbeitete zumindest Pinars Vater bis abends.

»Sie haben alle gehört, was in der Druckerei los ist«, mischte sich da Kai ein. Er hockte neben der Theke auf dem Boden und guckte zu ihnen auf. Jannik musste an einen Hundewelpen denken. Einen, der Angst hat und am ganzen Leib zittert.

»Und da haben sie alles stehen und liegen gelassen und sind hergekommen?« Jannik wunderte sich. Wie oft hatte Pinar schon erzählt, ihr Vater müsse arbeiten und hätte keine Zeit für dieses oder jenes.

»Hört mal«, meldete sich nun ein anderer Mann zu Wort. Der König!

Augenblicklich brandeten wütende Rufe auf.

Doch dann wurde es still. Alle wollten wissen, was der König zu sagen hatte. Jannik drängelte sich nach vorn, um ihn sehen zu können, und erschrak. Die Königslippe war aufgeplatzt und blutete.

»Wie ihr seht«, sagte der König und bemühte sich um ein Lächeln, was mit der kaputten Lippe gar nicht so leicht war. »Wie ihr seht, habe ich mein Fett schon weg.«

Ein paar Leute im Raum lachten.

»Dein Mann hat einen ordentlichen linken Haken, Luisa.« Der König wandte sich zu Luisa. Sie lächelte ebenfalls, doch es war ein trauriges Lächeln.

»Was ich sagen will: Ich bin auf eurer Seite. Auf der Seite der Menschen da draußen am Tor.«

»Warum hast du dann nicht verhindert, dass sie alle rausgesetzt werden. Bist du im Vorstand, oder bist du es nicht?«

Jannik hielt die Luft an. Was machte denn Opa Paul hier?

»Paul, ich habe versucht, es zu verhindern. Aber du weißt, wie es ist.«

»Weiß ich das?«, fragte Opa Paul. »Ich weiß vor allem, dass dein Großvater einer der ersten Arbeiter in der Druckerei war. Und ich weiß, dass dein Vater ebenfalls da gearbeitet hat. Und wenn ich mich nicht irre, hat er die ersten Anteile gekauft.«

»Papa«, meldete sich jemand zu Wort. Janniks Mutter. Er konnte nicht sehen, wo sie stand. Zu viele andere Leute waren im Weg.

»Er hat recht, Christina«, mischte sich nun Pinars Mutter ein.

»Ach, warst du dabei, Emine?«, fragte Oma Marianna. War denn wirklich die ganze Straße hier?

»Nein, das war ich nicht«, gab Pinars Mutter zurück. »Aber es ändert nichts an den Tatsachen.«

Opa Paul fühlte sich wohl angestachelt, denn er fuhr fort: »All die Häuser hier. All das … würde es dir gehören, wenn dein Vater und dein Großvater nicht in der Druckerei gearbeitet hätten? Und jetzt sag mir, wie hast du dich dafür eingesetzt, dass die Leute da draußen nicht ihre Stellen verlieren?«

»Wir haben ihnen angeboten, zu anderen Konditionen zu bleiben«, sagte der König.

»Das ist ja nett!«, rief Opa Paul. »Ihr habt ihnen angeboten zu bleiben? Was sind das denn für Bedingungen? Dass sie sich zu euren Sklaven machen, weil ihr sie leider nicht mehr für das bezahlen könnt, was sie tun? Sag mir, Klaus. Würdest du unter solchen Bedingungen arbeiten?«

Der König sagte nichts.

»Das dachte ich mir«, sagte Opa Paul. Ein paar Leute riefen durcheinander, doch da öffnete sich die Tür zum Café, und Bo stürzte herein.

»Sie nehmen Achim mit!«

»Was?« Luisa sprang von der Theke und bahnte sich einen Weg durch die Menge. Mit ihr liefen viele andere nach draußen.

»Opa?«, rief Jannik. »Mama?!« Er drängelte sich durch den Tumult zu ihnen.

»Jannik, was machst du hier?« Seine Mutter sah ihn besorgt an.

»Wir waren gerade ...« Jannik hielt inne.

»Wart ihr am Tor?«, fragte sein Opa.

»Ja«, gab Jannik zu.

Opa Paul fuhr sich mit der Hand über die Augen. »Geht nach Hause«, sagte er dann.

»Aber meine Eltern sind auch hier«, sagte Pinar, die Jannik gefolgt war.

»Jannik, ihr geht alle zu uns«, entschied Janniks Mutter. »Ich komme nach, sobald ich kann.«

So entschlossen hatte Jannik sie noch nie erlebt.

»Meidet das Tor«, sagte Opa Paul. »Nehmt die andere Straßenseite, ganz egal, was dort gerade los ist. Und jetzt ab mit euch.«

Jannik widersprach nicht.

Vor dem Kaffeeladen ging der Tumult weiter. Alle hatten sich um den Polizeiwagen versammelt, der gerade mit Achim und zwei anderen Männern auf der Rückbank abfahren wollte. Jannik sah Bo, der halb über der Motorhaube lag.

Geknickt machten sie sich auf den Weg nach Hause. Doch als sie, wie Opa Paul es gesagt hatte, auf der anderen Straßenseite das Tor passierten, blieb Jannik stehen. Auf der Bank unter der Linde saß Matiasek. Und blickte hinüber zur Druckerei.

Wenn es Herbst wird ...

Was am Tor geschehen war, veränderte alles. Von einer Minute auf die andere drehten sich die Gespräche nur noch um diesen einen Nachmittag. Achim und seine Kollegen hatten die Polizeiwache mit einer Verwarnung noch am selben Nachmittag wieder verlassen dürfen. Jannik hatte Bo gefragt, warum sie ihn überhaupt mitgenommen hatten.

»Weil er sich ihnen widersetzt hat«, hatte Bo erklärt. Es hatte stolz geklungen. Seit diesem Tag war Bo eigentlich gar nicht mehr zu Hause.

»Bo, du solltest Hollerbachs allmählich Miete bezahlen«, scherzte Janniks Papa einmal, doch Bo fand das nicht lustig. Überhaupt lachte er immer weniger. Das Einzige, was er noch im Kopf zu haben schien, waren Achim und die anderen. Es war ja gut, wenn er sich mit all seinem Wissen für die Leute einsetzte, fand Jannik. Aber gleichzeitig kam Bo ihm so fremd vor. Wie seltsam. Früher hat es ihm Spaß gemacht, sich für die Gerechtigkeit einzusetzen. Jetzt ist es eher so, als hätte er keine andere Wahl.

»Was hat das denn alles mit dir zu tun?«, hatte Jannik wissen wollen.

»Was dort geschieht, hat mit uns allen zu tun. Da dürfen

wir nicht wegsehen. Heute sind es Achim und die anderen, und morgen sind es wir, wenn wir nichts unternehmen.«

Jannik hatte nicht weitergefragt. Solche Diskussionen führten in der letzten Zeit bloß dazu, dass die Stimmung noch mieser wurde, als sie ohnehin schon war.

Der Sommer hatte sich aus der Straße verabschiedet, mit Regen und Sturm war der Herbst eingezogen. Jeden Tag trafen die Entlassenen sich bei Luisa und redeten. Wenn sie genug geredet hatten, gingen sie zum Tor und warteten. Sie waren eine stille Demonstration. Jannik fragte sich, was das bringen sollte. Wenn sie dort herumsaßen, wurden sie doch nicht einfach wieder eingelassen. Und vom Rumsitzen wurde die Sache ja auch nicht besser.

Wenigstens kam Papas Geburtstag.

»Heute wird endlich mal wieder alles normal sein«, sagte Jannik zu Loni, als sie am Mittag aus der Schule kamen. Denn an Papas Geburtstag gab es jedes Jahr eine Party bei ihnen. Hanne hatte nur drei Tage vorher Geburtstag, und schon immer feierten sie darum alle zusammen, genau wie sie es bei Jannik und Loni machten. Papa und Hanne luden alle Freunde aus der Milchstraße ein, und das durften Bo, Jannik und Loni ebenfalls.

Der Nachmittag verging mit Vorbereitungen für das Buffet. Hanne musste arbeiten, aber sie hatte schon am Vorabend all ihre Leckereien gezaubert, und so holten Jannik und Loni Töpfe und Schalen voller Essen aus Lonis Kühlschrank und trugen sie nach nebenan.

»Wie macht deine Mutter das nur immer, dass die Sachen so lecker sind?«, fragte Jannik Loni wie jedes Jahr. Und er wäre, wie immer, nur der Erste, der im Laufe des Abends diese Frage stellte.

Nach und nach trudelten die Gäste ein. Königs machten den Anfang.

»Ich hab einen Bärenhunger«, verkündete Elias, kaum dass Janniks Vater ihnen die Tür geöffnet hatte. »Gibt es wieder Hannes gefüllte Teigtaschen?«

»Und wie es die gibt. Ein ganzes Gebirge davon sogar«, antwortete Janniks Vater und ließ Elias durch. Dann erst begrüßte er dessen Eltern.

Auch Pinars Eltern Emine und Ben waren der Einladung wie immer gefolgt. Außerdem natürlich Janniks Großeltern. Katha war schon den ganzen Nachmittag bei ihnen. Als die Klingel wieder durch den Flur schallte, konnten es darum nur Luisa, Achim und Kai sein.

Hanne öffnete ihnen.

»Hallo, ihr drei«, sagte sie. Doch vor der Tür standen nur Luisa und Kai.

»Achim lässt sich entschuldigen«, sagte Luisa. »Alles Gute zum Geburtstag!«

Achim kam nicht? Jannik warf Loni einen Blick zu. Die zuckte mit den Schultern.

Als das Buffet eröffnet war und sie sich mit ihren Tellern in Janniks Zimmer verzogen hatten, fragte Jannik Kai danach.

»Warum ist dein Vater nicht hier?«

Kai hatte sich gerade eine Handvoll Erdnüsse in den Mund gesteckt, darum dauerte es, ehe er antwortete.

»Er fühlt sich nicht gut«, sagte er. Doch Kai war ein schlechter Lügner.

Loni schnaubte, sagte aber nichts, und Jannik beschloss, lieber auch nicht weiter nachzubohren.

Eine Weile beschäftigten sie sich mit Bos neuestem Rätsel, das Pinar nach der Schule in ihrer Schultasche gefunden hatte. Wie hatte Bo es nur wieder geschafft, es dort zu verstecken?

Der Adlerhorst birgt viele Geheimnisse, stand am Rand eines alten Zeitungsartikels.

»Was für Geheimnisse?«, fragte Kai, der froh zu sein schien, dass sie nicht weiter über Achim redeten.

»Der Horst ist doch selbst ein Geheimnis«, sagte Pinar.

»Vielleicht meint er, wir sollten uns mal ansehen, was in all den Kisten drin ist, die wir zur Seite geschoben haben.«

»Das wäre zumindest eine –«

In diesem Moment polterte es draußen in der Wohnung. Und gleich darauf wurden Stimmen laut.

»Was ist denn da los?«, fragte Elias.

Loni sprang auf. »Das ist Mama.«

Jannik rappelte sich ebenfalls hoch und folgte Loni ins Wohnzimmer. Dort standen sich Hanne und Bo gegenüber. Katha und Luisa flankierten sie, als wollten sie den Rest der Gäste von ihnen abschirmen. Vor Bo lag die Platte mit Hannes Teigtaschen.

»Mama?«, fragte Loni.

»Bo?«, fragte Jannik. Doch weder Hanne noch Bo beachteten sie. Auch alle anderen im Raum schenkten ihnen keine Aufmerksamkeit. Der König und die Königin auf dem Sofa schienen den Atem anzuhalten. Emine und Ben und auch Janniks Vater und seine Großeltern standen wie versteinert am Buffet. Dann trat Janniks Mutter dazu. »Bo. Du entschuldigst dich auf der Stelle bei Hanne.«

»Nein«, sagte Bo. Dann stürmte er an Jannik vorbei aus dem Raum. Katha folgte ihm eilig, und nur zwei Sekunden später schlug die Tür zu. Es dauerte einen Augenblick, ehe wieder Bewegung in die Anwesenden kam. Luisa war die Erste, die sich rührte. Sie sammelte das Gebäck vom Boden auf und stellte die Platte zurück aufs Buffet. Dabei sah sie Hanne nicht an.

»Es tut mir leid, Hanne«, sagte Janniks Mutter. »Mit Bo gehen gerade ein wenig die Pferde durch.«

Hanne nickte wortlos und trat zu Luisa. »Und du? Siehst du das auch so wie Bo?«

Was denn?, überlegte Jannik. Was hatte Bo getan, außer Essen runterzuwerfen?

116

Luisa drehte sich zu Hanne um. In ihrem Gesicht lag eine Mischung aus Wut, Sorge und schlechtem Gewissen.

»Was? Dass du Achim den Job weggenommen hast?« Kais Mutter fuhr sich mit der Hand durchs Gesicht. »Nein. Das hast du nicht«, sagte sie dann.

Darum ging es? Warf Bo Hanne ernsthaft vor, sie hätte Achim den Job weggenommen? Jannik hatte mit einem Mal das Gefühl, als sei überhaupt keine Luft zum Atmen mehr im Raum.

»Nein, das habe ich nicht«, wiederholte Hanne Luisas Worte. »Ich wusste nichts davon, dass Achim entlassen wird, als ich den Job angenommen habe. Und auch die anderen ...«

»Die anderen ...«, murmelte Luisa. »Kommen von sonst woher hier in unsere Straße und übernehmen die Arbeit, die wir schon seit Jahrzehnten machen.«

»Das ist Quatsch«, mischte sich endlich Janniks Vater ein. »Das weißt du, Luisa. Die Leiharbeiter haben doch überhaupt keine Ahnung von unserer Straße. Die arbeiten da, wo sie hingeschickt werden.«

»*Die* bin übrigens auch ich«, sagte Hanne. »Das sind nicht irgendwelche Leute. Das sind einfach Menschen, die wie alle anderen Geld verdienen müssen, um über die Runden zu kommen. Hat Achim oder einer von euch denn überhaupt mal danach gefragt?«

»Und warst *du* etwa mal bei Achim, um ihm das selbst zu

sagen?«, fragte Luisa. »Um mit ihm über die ganze Sache zu reden?«

»Ich habe es versucht. Umsonst. Achim spricht nicht mit mir. Aber wenn er etwas zu sagen hat, dann kann er das gerne selbst tun«, gab Hanne zurück. »Dafür muss er nicht Bo benutzen.« Sie sah sich um, ob irgendjemand ihr beipflichtete. Doch alle schwiegen.

Da drehte sie sich auf dem Absatz um und ging.

»Hanne, warte!«, rief Janniks Vater, aber er folgte ihr nicht. Oma Marianna war es, die Hanne nachlief. Keine von beiden tauchte den Rest des Abends noch einmal bei den Adlers auf.

Achim sprach nicht mit Hanne. Und was Hanne anging, so kam sie immer seltener vorbei, da ihre Besuche, selbst wenn Bo nicht da war, meist damit endeten, dass über die Druckerei diskutiert wurde. Jannik konnte verstehen, dass sie sich nicht dauernd rechtfertigen wollte. Weder das Wetter noch die Stimmung besserten sich, als eines Montags auch Herr Deike aus der Nummer 15 den Arbeitsweg in die Druckerei antrat. Jannik kam es vor, als hielte die ganze Straße den Atem an. Elias erzählte, sein Vater würde kaum noch reden, wenn er zu Hause wäre. Die Samstage in der Küche bei Janniks Mutter fanden auch kaum noch statt.

All das hinterließ bei ihnen Spuren. Die Adler hielten still. Ob es daran lag, dass keiner von ihnen wusste, was als Nächstes passieren würde? Oder daran, dass sie von Bo seit jenem Abend kein neues Rätsel bekommen hatten? Die Adlerhemden hatten sie alle schon lange nicht mehr getragen.

Ausgerechnet Loni war es, die Jannik schließlich wieder an die Adler erinnerte.

»Wir müssen was tun«, sagte sie eines Tages auf dem Heimweg von der Schule.

»Was meinst du?«, fragte Jannik. Er war in Gedanken bei den Mathehausaufgaben, die ihm garantiert mal wieder den Nachmittag versauen würden.

»Wir«, sagte Loni. »Die Adler.«

»Die Adler?« Jannik sah sie an.

»Bist du schwerhörig?«, fragte sie. »Die Adler.«

»Aber was sollen wir denn tun? Spielen?«, mischte Pinar sich ein. Kai war schon beim Kaffeeladen abgebogen, und Elias hatte einen Zahnarzttermin.

»Ich kriege keine Luft mehr. Und ich glaube, niemand in der Milchstraße kann noch richtig atmen.«

Jannik nickte langsam. »Da hast du recht«, sagte er.

»Aber was willst du machen?«, fragte Pinar.

»Helfen«, sagte Loni. Sie schien felsenfest überzeugt. »Wir sind ein Team. Wir sind schlau. Und wir haben Zeit.«

Das war nur allzu richtig. Seit sie nicht mehr jeden Nachmittag spielten, schienen die Stunden manchmal zäh wie Kaugummi.

»Wie sollen wir das denn anstellen?«, fragte Pinar. »Und wem genau willst du helfen?«

»Allen. Ist euch nicht aufgefallen, dass seit der Sache am Tor auch anderes nicht mehr funktioniert?«

Nein, das war Jannik nicht aufgefallen. Allerdings ... es stimmte. Einige Leute in der Straße hatten sich nach neuen Stellen woanders umgesehen. Der Großteil der Entlassenen jedoch war arbeitslos. Trotzdem blieb vieles auf der Strecke. Es war so, als wäre ihnen plötzlich alles irgendwie egal. Alles, bis auf eines. Die, die sie nun in der Druckerei ersetzten. Die Gedanken der Leute schienen sich nur noch um die neuen Angestellten zu drehen, von denen sie nur ein paar wenige kannten. Jannik verstand das nicht. Das war doch überhaupt nicht logisch, dass die an allem schuld sein sollten. Loni hatte jedenfalls recht. Wenn sie die Milchstraße wieder schöner machen konnten, indem sie halfen, dann sollten sie das tun.

»Bei uns stellt jeder den Müll bloß noch neben die Tonnen und in den Hausflur«, sagte Pinar. »Das stinkt.«

Loni nickte. »Ja, das zum Beispiel. Warum kümmert sich Achim nicht wie früher darum, dass es bei euch schön ist?«

Pinar zuckte nur mit den Schultern. Aber Jannik wusste auch so, warum. Achim hatte zu viel damit zu tun, im Kaffeeladen mit den anderen Entlassenen Pläne zu schmieden. »Eigenwehr« und »Widerstand leisten« waren die Wörter, die in dieser Runde am häufigsten fielen.

»Matiasek ist nicht mehr draußen«, überlegte Jannik. »Hat das überhaupt jemand bemerkt?«

»Weiß nicht«, gab Pinar zu. »Mir ist's jedenfalls nicht aufgefallen.«

»Aber Jannik hat recht«, sagte Loni. »Ich weiß gar nicht, wann ich den zuletzt gesehen habe.«

»Ich schon«, sagte Jannik. »An dem Tag am Tor. Da saß er unter der Linde. War einfach da und hat geguckt.«

»Sollen wir nachsehen, was er macht?«, schlug Loni vor. Auch wenn Jannik nicht gerade scharf auf die Gesellschaft des grimmigen Matiasek war, liefen sie los. Das Mittagessen zu Hause konnte warten.

Es war merkwürdig, einfach so von vorne ins Rotthaus zu gehen. Aber sie waren ja nicht auf dem Weg ins Adlernest. Laut stürmten sie durchs Treppenhaus.

»Es ist besser, wenn er uns schon hört«, meinte Loni.

»Herr Matiasek!«, rief Pinar. »Herr Matiasek?«

Im zweiten Stock angekommen, klopften sie an die Tür. Sie war zu.

»Das ist seltsam«, sagte Pinar. »Ich dachte, er mag keine geschlossenen Türen?«

»Herr Matiasek? Hallo?«, fragte Jannik. Doch in der Wohnung blieb es still.

»Ob ihm was passiert ist?« Loni klopfte noch einmal. »Meint ihr, er braucht Hilfe?«

»Vielleicht hat er uns auch nur nicht gehört«, sagte

Jannik. Er hoffte es zumindest! Denn zu Matiasek reinzugehen … nein, darauf brannte er nicht.

»Herr Matiasek!«, brüllten sie zu dritt.

Da wurde die Tür geöffnet.

»Herr Matiasek!«, rief Pinar.

»Was ist denn los?«, fragte Matiasek. Er sah aus, als wäre er gerade erst aufgewacht.

»Wir wollten nur nachsehen, ob es Ihnen gutgeht«, erklärte Loni. »Geht es Ihnen gut?«

Matiasek blinzelte verwirrt. »Ja, es … es geht mir gut. Wie nett von euch, dass ihr deswegen extra vorbeikommt.«

Nun standen sie alle da, Jannik mit Loni und Pinar im Flur und Matiasek im Türrahmen, und keiner wusste, was er sagen sollte. Jannik betrachtete den alten Mann. So überrumpelt, wie er war, wirkte er gar nicht unheimlich. Eher wie ein freundlicher Opa. In der einen Hand hielt er eine Lupe, in der anderen einen Stapel Fotos. Sie hatten ihn also nicht geweckt.

»Brauchen Sie irgendetwas?«, fragte Loni schließlich.

»Was soll ich denn brauchen?«, wunderte sich Matiasek.

»Einen Kaffee vielleicht? Sie waren so lange nicht mehr bei Luisa.«

Matiasek lächelte. Jannik staunte, wie viele Fältchen das sonst so grimmige Gesicht auf einmal durchzogen.

»Ja, das ist wahr«, sagte er. »Ich war immer gerne dort. Aber jetzt ist es mir …« Er zögerte. »Zu laut.«

»Wir können Ihnen Ihren Kaffee bringen«, schlug Jannik vor. Keine Maus, dachte er. Ich bin ein Adler.

»Und Ihre Zeitung«, sagte Pinar.

»Ja, also, wenn ihr das wirklich tun wollt?« Matiasek kramte in seiner Hosentasche und beförderte einen Fünf-euroschein zutage. »Hier, bitte.« Er reichte Jannik das Geld, doch dabei rutschten ihm die Fotos aus der Hand und fielen zu Boden. Jannik bückte sich und sammelte sie rasch auf. Sie waren schwarzweiß. Auf dem obersten war eine Gruppe von Kindern zu sehen, die auf Schienen balancierten. *Den* Schienen.

»Die sind uralt«, sagte Matiasek, ganz plötzlich ungehalten, und nahm Jannik die Fotos ab. Jannik nickte nur.

»Der Kaffee kommt sofort!« Loni wedelte mit dem Fünf-euroschein und verbeugte sich wie ein Page in einem Hotel.

»Habt ihr das gesehen?«, fragte Jannik, als sie auf die Straße traten.

»Was denn?«, wollte Pinar wissen.

»Das oberste Foto von Matiasek. Das war im Rotthaushof. Da waren die Schienen. Wie auf dem Foto aus der Kiste.«

»Ja«, sagte Loni nachdenklich. »Woher hatte Bo das Foto eigentlich?«

Doch dann hatten sie das Café erreicht, und Lonis Frage blieb unbeantwortet. »Hallo, ihr drei, was macht ihr denn hier?«, fragte Luisa, als sie alle zur Tür hereinstürmten. Ihr Blick ruhte auf Loni.

»Matiasek seinen Kaffee und die Zeitung bringen«, erklärte die. Luisa blickte kurz zum Tisch in der Ecke, an dem Achim und seine Kollegen nun stets saßen. Auch Jannik sah hinüber. Die Runde hatte sich erweitert. Der König war dabei und auch Ben und Emine. Und … Bo. Sonst hing er immer eher in seinem Stuhl, doch jetzt saß er kerzengerade neben Achim und diskutierte hitzig mit den anderen. Was sie sagten, konnte Jannik nicht verstehen, weil alle durcheinanderredeten. Doch mit einem Mal stach Achims Stimme durch das Gewirr.

»Wir lassen uns nichts wegnehmen!«, sagte er, und Jannik sah, wie Bo heftig mit dem Kopf nickte. »Nicht von solchen Leuten, die hierherkommen und meinen, hier würde das Geld auf Bäumen wachsen.«

Jannik hielt die Luft an.

»Das ist aber nett von euch«, sagte Luisa viel zu schnell zu Loni. »Ich habe mich schon gewundert, warum er nicht mehr selbst kommt.«

»Es ist ihm zu laut geworden«, sagte Jannik, wobei ihm auffiel, dass in diesem Moment das Gegenteil der Fall war. Es war richtig leise hier. So leise, dass man die Druckerpressen der Druckerei bis herüber hören konnte. Luisa schien dasselbe zu denken. Doch sie drehte sich zur Kaffeemaschine um und bereitete alles für Herrn Matiasek vor.

»Das Geschirr könnt ihr mir ja später wiederbringen«, sagte sie, als sie ihnen ein Tablett mit Kaffee, Zeitung und noch einem Stückchen frischen Marmorkuchen reichte. »Der Kuchen geht auf mich, sagt ihm das.«

»Machen wir«, sagte Jannik. »Wo ist eigentlich Kai?«

»Er ist gerade etwas für mich einkaufen. Aber ich schicke ihn später zu euch.«

Luisa hielt ihnen die Tür auf, und sie machten sich auf den Weg.

»Kommt, wir klingeln noch schnell bei Elias«, sagte Loni, als sie sich der Nummer 4 näherten. »Er ist garantiert vom Zahnarzt zurück.«

»Nee, der isst doch bestimmt gerade zu Mittag«, widersprach Pinar. »Dann kriegt der bloß wieder Ärger, wenn wir vor der Tür stehen.«

Bei Königs wurde zu Mittag gegessen, sobald Elias aus der Schule kam. Und erst wenn das beendet war und Elias seine Hausaufgaben gemacht hatte, durfte er raus. Meistens schlich er sich davon, doch wenn seine Eltern das bemerkten, war die Hölle los.

»Aber sein Vater sitzt doch im Kaffeeladen«, widersprach Loni.

»Dann wäre da immer noch die Königin«, meinte Pinar. Und auch mit der war nicht zu spaßen, wenn es um Elias' Mittagessen ging.

»Dann machen wir es eben anders«, sagte Loni. Sie stellte sich unter das Küchenfenster der Königs und stieß den Adlerschrei aus.

»Los, ihr auch«, flüsterte sie. Pinar und Jannik machten ihren Adlerruf.

»Jetzt weiß er Bescheid, dass wir zu dritt sind. Wetten, er kommt, sobald er kann, in den Adlerhorst?«

Auf einmal stieg wieder das Kribbeln in Jannik auf. Er hatte es beinahe vergessen.

»Sollen wir nicht unsere Hemden holen?«, fragte er.

»Ja, das machen wir«, rief Pinar und rannte auch schon los.

»He, und der Kaffee?«, fragte Loni.

»Dauert nicht lang, ich bringe deines mit«, sagte Jannik und flitzte seinerseits los.

Nur wenige Minuten später brachten die Adler dem alten Matiasek seinen Kaffee, die Zeitung und den Kuchen von Luisa. Der Kaffee war vielleicht nicht mehr ganz heiß, doch wenn es so war, beschwerte sich Matiasek zumindest nicht.

»Wollt ihr mir nicht ein wenig Gesellschaft leisten?«, fragte er, als er das Tablett entgegennahm.

»Ja, gerne«, sagte Loni, ehe Jannik und Pinar etwas einwenden konnten.

Matiasek ließ sie herein und ging voran ins Wohnzimmer. Die Dielen knarzten leise unter jedem seiner Schritte. Oder es sind seine Knochen, dachte Jannik. Es roch seltsam in der Wohnung. Ein bisschen wie oben auf dem Dachboden. Vielleicht war das, was man da oben riechen konnte,

Matiaseks Leben. Es roch aber auch ein wenig wie bei ihnen zu Hause. Und noch nach etwas anderem, Pfefferminz oder so.

»Nehmt Platz«, lud Matiasek sie ein. Er stellte das Tablett ab und deutete auf das Sofa. Eine alte Spitzendecke lag auf der Rückenlehne. Matiasek selbst setzte sich in einen Sessel, der dem Sofa gegenüberstand.

»Nun setzt euch schon«, forderte er sie noch einmal auf und klang wieder so grimmig wie eh und je. Loni machte den Anfang. Erst dann traute sich auch Jannik. Pinar wartete bis zum Schluss.

»So, so«, sagte Matiasek. »Ihr wollt also wissen, ob es mir gutgeht, was?«

Jannik sah sich im Wohnzimmer um. Neben der Tür hingen uralte Rollschuhe an der Wand.

Die übrigen Wände waren voller Bücherregale. Ein paar der Buchrücken kannte er, die standen auch bei ihnen zu Hause. Die einzige Stelle, wo kein Regal untergebracht war, beherbergte ein Klavier. Darauf standen gerahmte Fotos, schwarzweiß, wie die, die Matiasek vorhin in der Hand gehabt hatte, doch diese hier zeigten fast alle eine Frau.

Herr Matiasek folgte Janniks Blick. »Das ist meine Else«, sagte er. »Sie ist schon lange nicht mehr da.«

»Oh«, machte Jannik. Mehr fiel ihm nicht ein.

»Else ist vor langer Zeit gestorben«, erklärte Matiasek. »Aber hier habe ich sie immer bei mir.«

Jannik nickte.

»Wollen Sie deswegen nicht ausziehen?«, fragte Loni.

Matiasek sah sie überrascht an. »Wie kommst du darauf, dass ich nicht will?«

Loni hob die Schultern und sah sich um.

»Ja«, brummte Matiasek. »Vielleicht.« Er ließ den Blick durch den Raum schweifen. »Ich habe vieles gesehen auf dieser Welt«, sagte er dann. »Und trotzdem, mein Zuhause war immer hier. Ich bin hier geboren, wisst ihr? Warum soll ich also jetzt noch woandershin?«

»Es ist ja auch schön hier«, sagte Loni. »Also, in der Milchstraße«, fügte sie schnell hinzu. Das Rotthaus war wohl kaum als schön zu bezeichnen.

Matiasek wiegte den Kopf. »Die Milchstraße?«

»So nennen wir die ... die Rottstraße«, erklärte Jannik und merkte, wie er rot wurde. Seit wann war ihm das peinlich?, überlegte er überrascht.

Matiasek schmunzelte. »Milchstraße«, sagte er, als wäre das Wort ein Karamellbonbon, das er auf der Zunge schmelzen ließ. »Ja, das ist eine sehr schöne Straße. Das war sie immer. Aber sie verändert sich.« Er verharrte mit den Augen auf dem Adler auf Janniks Brust. Sein Lächeln verschwand. »Was bedeutet das?«, fragte er.

»Die Adler sind ...«, begann Jannik. »Das ist schwer zu erklären. Wir ... also, wir spielen.«

»Ihr spielt?«

»Genau. Aber auch nicht so richtig«, sagte Pinar. Und dann erklärten sie Matiasek, wie die Aliens funktioniert hatten und was sich hinter den Adlern verbarg. Dass ihr Versteck nur ein paar Stockwerke über seinem Kopf war, behielten sie natürlich für sich.

»Ach«, sagte Matiasek, als sie fertig waren. »Und dein Bruder ist euer Anführer?«

»Nein, eigentlich nicht. Aber irgendwie doch«, sagte Jannik. Matiasek nickte.

»Mir war doch so, als hätte ich in letzter Zeit immer mal wieder Adler gehört. Aber dann waren sie fort, und ich dachte, Otto, das hast du dir bestimmt nur eingebildet.«

»Nein, wir waren wirklich weg«, bestätigte Loni.

»Aber nun seid ihr zurück«, sagte Matiasek. Es war keine Frage.

»Ja. Und wenn Sie wollen, bringen wir Ihnen jeden Tag den Kaffee«, schlug Jannik vor.

Matiasek schien einen Moment nachzudenken. »Das wäre sehr nett von euch«, sagte er dann.

»Jetzt müssen wir los.« Loni stand auf. »Wir holen das Tablett später ab und bringen es zu Luisa zurück.«

»Die Adler fliegen aus.« Matiasek sah sie an, als wollte er noch etwas sagen. Doch er tat es nicht.

Und sie flogen aus. Ja, das taten sie. Allerdings nur hinaus auf die Straße, damit Matiasek keinen Verdacht schöpfte.

Dann schlichen sie auf ihrem alten Pfad über den Hof zurück und nach oben.

Es war seltsam, wieder hier zu sein. Gleichzeitig fühlte es sich richtig an.

»Der Adler muss wissen, wer sein Freund ist«, murmelte Loni, als sie die Tür des Adlerhorsts hinter sich geschlossen hatten.

»Was?«, fragte Jannik.

»Das Rätsel auf den Schienen«, erinnerte ihn Pinar. Sie sah Loni an. »Meinst du, das hat Bo gemeint?«

Jannik verstand noch immer nicht. »*Was* hat Bo gemeint?«

»Denk doch mal an das Foto«, sagte Loni.

»Die Jungen?«, fragte Jannik. »Ihr glaubt, einer davon war Matiasek?«

»Ganz sicher«, sagte Loni. »Hast du nicht die Rollschuhe an der Tür gesehen?«

»Doch«, sagte Jannik. »Und er hatte auch solche Fotos. Er soll also unser Freund sein?«

»Klar ist der unser Freund. Was denn sonst? Ich glaube, Bo hat uns deswegen keine neue Aufgabe gestellt. Weil wir die letzte nicht gelöst hatten. Und die vorletzte.«

»Meinst du, er hatte das Foto von Matiasek selbst?«

»Keine Ahnung«, sagte Loni.

»Aber was ist mit dem anderen Jungen?«, fragte Jannik.

»Das finden wir schon noch raus«, sagte Loni entschieden. Sie trat zu dem kleinen Tisch, den sie aus dem Mars herübergeholt hatten. Darauf lag das Adlerbuch. Sie zog etwas aus der Hosentasche und legte es hinein.

»Was ist das?«, erkundigte sich Pinar.

»Das Foto aus der Kiste«, gab Loni zurück.

»Das hast du noch?«, wunderte sich Pinar.

»Klar«, sagte Loni. »Warum sollte ich es wegwerfen? Bloß, weil alle durchdrehen?«

»Na gut«, sagte Jannik. »Aber wie geht es jetzt weiter?«

»Pst«, machte Loni anstelle einer Antwort. »Hört ihr das?«

Jemand hämmerte draußen auf Metall.

»Eins – zwei – drei – vier – fünf«, zählte Jannik.

Leise stand Loni auf, schlich zur Luke und öffnete sie.

Sie warteten. Und lauschten. Jemand hustete.

»Viermal.«

Eine Amsel flötete.

»Eins – zwei – drei – vier.« Pinar nickte zufrieden und stand ebenfalls auf. »Das ist Elias.«

»Oder Kai«, sagte Jannik. »Wer geht?«

Pinar war schon an der Tür. »Ich bin gleich zurück.«

Das war sie. Und mit ihr Elias und Kai. Beide hatten ihr Adlerhemd an.

»Kai, woher wusstest du, dass wir hier sind?«, fragte Jannik.

»Ich habe Elias unterwegs getroffen«, unterbrach ihn Kai. »Der wusste es.«

»Der Adlerruf«, sagte Elias bloß. Jannik nickte. Nun waren sie wieder komplett.

»Wir müssen den Code ändern«, stellte Elias fest. Er sah sie an. »Also, was geht?«

»Wir haben das vorletzte Rätsel gelöst«, erklärte Jannik und erzählte den beiden von Matiasek und von Lonis Idee, der Milchstraße zu helfen.

»Matiasek ist unser Freund.« Kai war begeistert. »Dann müssen wir uns doch gar nicht mehr vor ihm verstecken, wenn wir ins Haus gehen.«

»Doch, das sollten wir«, sagte Loni. »Bisher ist es ja nur eine Vermutung. Außerdem fehlt uns noch der zweite Junge.«

Elias sah sie lange an. »Wenn du meinst. Dann sind wir jetzt also endgültig die *guten* Adler, was?«

»Ja, das meine ich.« Loni guckte fest zurück. »Oder siehst du das anders?«

»Ich? Nein«, sagte Elias. »Ich dachte, du vielleicht.«

»Und warum sollte ich?«, fragte Loni verwundert.

»Ich weiß nicht. Manche sagen, deine Mutter –«

»Was ist mit meiner Mutter?«, fragte Loni scharf.

Elias zuckte mit keiner Wimper. »Deine Mutter hätte Schwierigkeiten, klar zu trennen, welche die gute Seite ist und welche nicht.« Elias hielt inne und betrachtete Loni. Dabei wirkte er fast … neugierig. Als wäre Loni etwas, das er erforschen müsse.

»Ach, ist das so?«, fragte Loni trocken. Sie nahm sich zusammen, das war nicht zu übersehen. »Was sagen sie denn noch so?«

»Na ja.« Elias ließ sich Zeit mit der Antwort. »Sie sagen, es wäre ja auch kein Wunder, dass sie auf der falschen Seite steht. Deine Mutter ist schließlich auch nicht von hier.«

Jannik schnappte nach Luft. »Hast du sie noch alle?«

»Leute, jetzt streitet euch doch nicht«, sagte Pinar. Doch Elias ignorierte sie. Er grinste, als hätte er einen guten Witz gemacht. »Ich erzähle ja nur, was so geredet wird.«

»Erzählst du nur, ja?«, fragte Jannik.

»Und?«, fragte Loni entschlossen. *Glaubst* du, was so geredet wird, Elias?«

Elias gab sich cool. »Ich glaube immer nur, was ich selbst sehe«, sagte er. »Und ich sehe, dass deine Mutter woanders herkommt. Was war das noch, wo sie Löwen und Elefanten abknallen?«

»Kenia«, sprang Jannik Loni bei.

»Nur Weiße knallen Löwen und Elefanten ab«, murmelte Kai.

»Ja, ja. Egal. Kenia eben«, sagte Elias.

»Und was bitte hat das eine mit dem anderen zu tun?«, fragte Loni.

Gleich geht sie auf ihn los, dachte Jannik.

»Frag mich das doch nicht«, sagte Elias. »Frag das Achim und seine Leute.«

Loni blitzte ihn wütend an.

»Hey«, sagte Elias und hob die Hände. »Ich bin hier nicht der Böse. Gute Adler, schon vergessen? Ich kann ja auch nichts dafür, was so geredet wird.«

Und dann sprachen sie nicht mehr darüber. Doch Jannik wurde das Gefühl nicht los, dass Elias nicht alles gesagt hatte, was er dachte.

»Also, bis wir wissen, wer der andere Junge ist: Wem helfen wir als Nächstes?«, fragte Loni schließlich.

Sie überlegten eine Weile und kamen zu dem Schluss, dass zuerst einmal der Müll bei Kai und Pinar im Hausflur beseitigt werden musste.

»Das wird eklig«, stellte Pinar fest. »Aber eigentlich muss das bloß in die Mülltonnen. Die sind nämlich fast leer.«

»Es ist aber schon merkwürdig, dass eure Nachbarn den Müll da nicht selbst reinbringen«, meinte Loni.

»Frag mich nicht«, sagte Pinar. »Die Papes sagen immer, dass sie es nicht waren.«

»Die Papes?«, fragte Loni.

»Ja. Papa sagt, sie haben wohl keine Zeit mehr, Ordnung zu halten, jetzt, wo sie in der Druckerei arbeiten.«

Wie merkwürdig, dachte Jannik. Warum sollten die Papes ihren Müll neben die Tonnen stellen, bloß weil sie dort arbeiteten?

Mit zugehaltener Nase und Putzhandschuhen, die Kai aus dem Kaffeeladen geholt hatte, machten sie sich kurz darauf an die Arbeit. Als es endlich geschafft war, stürmten die Adler zurück auf die Straße.

»Uärks!« Elias würgte. »Das war das Ekelhafteste, was ich in meinem ganzen Leben gemacht habe! Echt, die Papes sind eklig!«

»Du weißt doch gar nicht, ob die Papes es waren. Und ganz nebenbei: Manche Leute machen das jeden Tag«, sagte Loni.

»Bäh«, ächzte Pinar. »Trotzdem eklig. Überleg mal, jemand aus deiner Familie wäre Müllmann. Dem könnte man doch nicht die Hand geben, bei all dem Ekelkram, den der so den ganzen Tag anfasst. Puh, nee.« Sie schüttelte sich übertrieben und lachte.

»Blödsinn«, sagte Jannik. »Lonis Mutter zum Beispiel hat jahrelang Klos geputzt. Und? Stell dir mal vor, die hätte sich jeden Tag so angestellt wie du.«

Er merkte, dass Loni ihm einen Seitenblick zuwarf. Was? Hatte er was Falsches gesagt?

»Aber jetzt arbeitet sie auch lieber in der Druckerei«, sagte Pinar.

Da war es schon wieder. Warum war er denn so dumm? Elias grinste. Am liebsten hätte Jannik erst ihm und dann sich selbst einen Tritt verpasst.

Doch da fiel ihm etwas ein.

»Kai, warum hast du uns eigentlich nicht erzählt, dass sie deinem Vater gekündigt haben?«

»Weil …« Auf einmal hatte Kai Tränen in den Augen. »Weil sowieso schon alle nur noch davon geredet haben. Da wollte ich nicht, dass es auch bei uns darum geht …«

»Aber wir sind doch ein Team«, sagte Pinar nachdenklich.

»Und wir haben uns immer alles erzählt«, fügte Loni an.

»Ich wollte es euch ja sagen, aber …«

»Ja, schon klar«, sagte Elias. Er kaute auf der Unterlippe. »Vorbei ist vorbei«, sagte er dann und knuffte Kai in die Schulter. »Aber ab jetzt keine Geheimnisse mehr. Einverstanden?« Er meinte sie alle. »Wenn die Adler zurückkommen, dann werden sie ehrlich zueinander sein.«

Alle nickten.

»Ab jetzt nur noch ehrlich!«, sagte Elias.

»Ab jetzt nur noch ehrlich!«, sagten Pinar, Loni, Kai und Jannik.

»Na, das ist ja mal ein Wort!« Sie fuhren herum. Vor ihnen stand Bo.

»Wie ich sehe, sind die Adler wieder unterwegs«, sagte er. »Das wurde aber auch Zeit.«

»Matiasek«, sagte Jannik.

»Was ist mit ihm?«, erkundigte sich Bo.

»Er ist die Lösung«, sagte Jannik. »Er ist unser Freund.«

Bo wischte sich wie immer die Haare aus den Augen. »Ach so, das Rätsel. Ja, richtig. Matiasek. Aber der ist nur die eine Hälfte.«

»Stimmt es denn?«, fragte Kai.

»Es stimmt«, sagte Bo. »Und was macht ihr daraus?«

Sie sahen sich an.

»Wir haben ihm seinen Kaffee gebracht.« Wie dämlich das klang, dachte Jannik. Bo grinste und wuschelte ihm den Kopf. Na toll.

»Was Jannik sagen will«, sprang Loni ihm bei. »Die Adler helfen den Leuten.«

Bo verengte die Augen zu Schlitzen.

»Ihr helft?«

»Ja«, erklärte Jannik. »Wir haben nachgedacht und entschieden, dass es an der Zeit ist, auf der guten Seite zu spielen. Also helfen wir den Leuten.«

»Auf der guten Seite«, sagte Bo nachdenklich.

»Ja. Es haben hier einige Leute Hilfe nötig«, sagte Jannik. »Seit der Sache am Tor.« Bo dachte einen Moment nach.

»Gut«, meinte er schließlich. »Ich wusste, ihr würdet euren Weg alleine finden.«

»Natürlich!«, sagten sie wie aus einem Mund. Dann machten sie den Adlerschrei.

Es dauerte bloß ein paar Tage, und alle in der Milchstraße kannten die Adler. Sie tauchten überall da auf, wo etwas zu erledigen war. Auch ein paar Dinge reparierten sie. Zum Beispiel die Bank auf dem Spielplatz, die schon seit ewigen Zeiten eine kaputte Lehne hatte. Sie liehen sich Achims

Werkzeug, und wenn sie nicht weiterwussten, fragten sie Bo. Waren sie nicht gerade unterwegs, um jemandem zu helfen, saßen sie bei Matiasek und leisteten ihm beim Kaffeetrinken Gesellschaft. Und waren sie nicht bei Matiasek, bauten sie den Adlerhorst weiter aus. Dass alles mit einem großen Rätsel begonnen hatte und eineinhalb noch ungelöst waren, hatten sie beinahe vergessen. Sie hatten verstanden, was die Adler waren. *Wer* sie waren. Die Adler waren unterwegs, um Gutes zu tun.

Wäre da nicht Elias gewesen. Immer wieder hackte er auf Loni herum.

»Du musst dich wehren«, sagte Jannik eines Tages zu ihr, als sie im Adlerhorst auf die anderen warteten.

»Ach, nee«, sagte Loni. »Der beruhigt sich schon wieder.«

»Und was, wenn nicht? Seine Eltern sind ja wohl auch davon überzeugt, dass Hanne was falsch gemacht hat.«

»Der König vielleicht. Von der Königin wissen wir das nicht«, warf Loni ein.

»Hat sie sich etwa auf Hannes Seite gestellt? An ihrem Geburtstag?«

»Nein«, gab Loni zu.

»Na also.«

»Du siehst doch auch nicht alles so wie deine Eltern, Jannik«, sagte Loni. Sie zog die Nase hoch. Obwohl sie den Adlerhorst geputzt und all die alten Sachen so weit wie möglich an die Wände geschoben hatten, ging Lonis Allergie hier oben nicht weg. Aber das schien ihr egal zu sein.

»Aber warum ist er dann so? Du kannst doch nichts für das, was deine Mutter tut.« Jannik trat an die Luke und sah in den Himmel. Ein Flugzeug zog weit oben eine weiße Spur. Der Efeu auf der Hofmauer raschelte leise im Wind. Jannik konnte es nur hören. Die Luke war zu hoch, um nach unten in den Hof zu gucken. Auf einmal fühlte er sich eingesperrt.

»Wie bitte?« Loni trat neben ihn.

»Du kannst nichts dafür.« Jannik wandte den Blick von der Luke ab und ihr zu. Warum guckte sie denn so komisch?

»Dein Ernst?«, fragte Loni.

»Äh«, machte Jannik. Er hatte keine Ahnung, worum es gerade ging.

»Dann denkst du also auch, dass Mamas Job in der Druckerei falsch ist.« Ihre Augen funkelten. Wenn sie mit ihnen hätte Blitze schicken können, wäre Jannik sicher schon gebrutzelt.

»Nein«, sagte er. »Ich meine doch nur, es ist irgendwie logisch, dass einige Leute es seltsam finden. Bei den Arbeitern, die von außen kommen, klar. Die wissen von nichts. Aber die hier aus der Straße ...«

»Seltsam?« Loni schrie jetzt fast, und es schien ihr vollkommen egal zu sein, ob Matiasek sie hörte. »Es ist überhaupt nicht seltsam, wenn jemand, der jahrelang den

Dreck aller anderen weggemacht hat, eine Arbeit annimmt, bei der man endlich mal nur im Büro sitzen muss!«

»Aber die Papes zum Beispiel. Die haben keine Klos geputzt vorher. Herr Pape ist doch sogar schon in Rente. Und vielleicht könnte Hanne einfach einen anderen Job machen, dann hätten sie auch keinen Grund mehr ...«

»Bist du jetzt völlig bescheuert?«, rief Loni.

»Loni ...« Jannik schwitzte. »So habe ich das doch gar nicht gemeint.«

»Doch, das hast du«, sagte Loni, und jetzt hatte sie Tränen in den Augen. »Du meinst es genau so. Wie alle anderen. Aber ich sag dir was, Jannik Adler. Ich bin froh, dass meine Mutter das gemacht hat. Weil sie endlich mal öfter zu Hause ist. Du hast nämlich überhaupt keine Ahnung, wie das ist, wenn man immer bei anderen geparkt wird.«

Jannik spürte, wie sein Herz gegen die Rippen schlug, als wolle es sich aus diesem Käfig befreien.

»Du wurdest nicht geparkt«, flüsterte er. »Du gehörst doch zu uns.«

»Nein, das tue ich nicht.« Loni war nun nicht mehr zu stoppen. »Guck hin.« Sie schob sich weiter vor ihn. »Guck hin. Findest du, ich sehe aus, als wäre ich eine von euch?«

Jannik wand sich. Was sollte er denn jetzt sagen? Es gab nur falsche Antworten.

»Nein«, gab er zu. »Du siehst nicht aus wie wir.«

Loni machte ein krächzendes Geräusch, das klang wie

eine Spieluhr, kurz bevor sie anhält. »Na bitte. Ich sehe aus wie meine Mutter. Und du hast es gehört. Sie ist ja offensichtlich nicht von hier, ganz egal, ob sie schon hier wohnt, seit ich denken kann. Wenn sie nicht dazugehört, tue ich es auch nicht. Nicht zu euch. Und nicht zu den Adlern. Das sieht doch ein Blinder.«

»Das ist Quatsch, Loni«, widersprach Jannik und dachte an den Abend der Geburtstagsfeier, als sein Vater genau das zu Luisa gesagt hatte. »Wer sagt denn, dass Adler alle gleich aussehen?«

Loni fuhr sich durch die Haare. »Wir tragen extra eine Uniform, schon vergessen?«

Jannik schwieg einen Moment.

»Sag mal, spinnst du jetzt etwa auch?«, rief er dann wütend. »Reicht es nicht, dass Elias komisch wird? Und Bo? Wie du aussiehst, ist uns doch völlig egal! Oder hat es auch jemals nur einer überhaupt bemerkt? Kai? Pinar?«

»Nein«, gab Loni zu. »Aber trotzdem. Das ist es doch, was alle denken: Meine Mutter ist keine von ihnen. Dabei ist sie schon als Baby hergekommen!«

»Mir musst du das nicht sagen«, gab Jannik zurück. »Und mir ist schnurzegal, was die anderen denken. Du gehörst zu uns. Zu den Adlern und auch zur Familie.«

Das war die Wahrheit. Von Anfang an hatte Loni zur Familie gehört. Sie waren beide am selben Tag geboren, und schon im Krankenhaus hatten Janniks Mutter und Hanne sich angefreundet. Damals war neben ihnen wohl gerade eine Wohnung frei geworden, und Hanne, die mit Loni alleine war, hatte sich gefreut, dort einziehen zu können. Alleine waren Loni und Hanne, weil Lonis Vater lieber die Biege gemacht hatte, als klar war, dass es demnächst eine Loni geben würde. Darum musste Hanne auch von Anfang an so viel arbeiten. Weil sie eben ganz alleine für sie beide alles Geld verdiente. Aber Mama und Papa hatten sofort entschieden, dass sie Hanne helfen würden. Und die Königs hatten die Miete für Hanne ein bisschen billiger gemacht, damit sie sich das auch leisten konnte, neben Adlers zu wohnen.

»Ich dachte außerdem immer, du bist gerne bei uns.« Jannik hatte das Gefühl, seine Stimme würde eine Umleitung nehmen, so seltsam hatte sein Satz geklungen. Vielleicht waren es auch nur seine Gedanken, die nicht mehr geradeaus fuhren. Er ging zur Tür. Wenn er nicht sofort hier rauskam, würde er platzen.

»Bin ich. Aber das hat damit gar nichts zu tun.« Loni folgte ihm.

»Hat es wohl«, sagte Jannik und öffnete die Tür. Er war gerade auf dem Weg zur Stiege, als ein Klopfen von unten ertönte. Zweimal kurz, dreimal lang – nicht der Code. Jannik erschrak. »Da ist jemand.«

Loni überholte ihn und öffnete die Tür.

»Man kann euch bis hier unten hören«, sagte Elias, als er

sich an ihnen vorbeischob. »Wollt ihr vielleicht gleich bei Matiasek reinstürmen und sagen, dass ihr hier oben seid?«

Jannik starrte Elias an, als wäre er ein auferstandener Krakenkopf. Aber das war lange her.

»Das war nicht der Code.«

»Wir wollten den Code ändern, schon vergessen?«

»Aber du kannst ihn nicht ändern, ohne dass wir Bescheid wissen. Und auf den Adlerruf hast du auch nicht gewartet.«

»Da hätte ich wohl warten können, bis ich schwarz bin«, gab Elias zurück. »Oder so Haare bekomme wie du«, schob er dann grinsend in Lonis Richtung hinterher. »Ich finde, du solltest sie zusammenbinden, wenn wir anderen helfen.« Das war ernst gemeint.

»Und wieso?«, wollte Jannik an Lonis Stelle wissen.

»Ganz einfach: Die Adler sollten nicht unordentlich aussehen, wenn wir wollen, dass die Leute unsere Hilfe auch annehmen.«

»Hast du nicht alle Tassen im Schrank?«, fauchte Jannik Elias an. »Das hatten wir geklärt, erinnerst du dich?!«

Loni dagegen sagte nichts. Sie ließ sich einfach nur in die Hängematte fallen und begann, im Adlerbuch zu blättern.

Als Pinar und Kai schließlich zu ihnen stießen, berieten sie darüber, wem sie als Nächstes helfen wollten.

»Das Herbstfeuer steht bald an«, sagte Elias. »Und ich glaube, es denkt keiner daran.«

»Dann sollten wir uns darum kümmern«, fand Jannik. Ohne das Herbstfeuer war der Herbst nicht denkbar.

Sie machten eine Liste, was alles zu tun war, damit das Herbstfeuer wie eh und je stattfinden konnte. Doch Jannik kam es falsch vor. Elias war falsch. Aber auch das mit Loni und ihrem Streit war falsch. Bo war falsch, Achim auch. Luisa war falsch. Und seine Eltern? Dachten die noch immer, das würde alles wieder werden? Wie eine dünne Staubschicht lag das Falsche über allem, was sie taten. Vor allem aber legte es sich über Loni. Und obwohl auch das ihm falsch vorkam, erzählte Jannik Bo am nächsten Tag davon.

»Das ist kein Staub«, sagte Bo. Sie saßen in seinem Zimmer auf dem Bett. Das Poster von MLK war verschwunden. »Das ist die Ungerechtigkeit.«

»Aber es ist, als würden sich alle damit anstecken. Es ist doch auch nicht gerecht, was mit Hanne passiert«, fand Jannik. »Du hast dich auch angesteckt. Warum?«

»Ach, Nikkel.« Bo seufzte. »Nicht ich bin anders. Die Dinge sind es.«

»Alle haben was damit zu tun, aber keiner redet mit uns«, beschwerte sich Jannik. »Das ist nicht fair.«

»Da hast du wohl recht«, sagte Bo. »Also, was willst du wissen?«

Jannik überlegte. Es gab so vieles, wo sollte er anfangen? Er entschied sich für Loni.

»Zwischen Elias und Loni ist es komisch geworden.«

»Komisch?«

»Elias ist sauer auf Loni. Wegen Hanne. Er redet schon so wie –« Er brach ab.

»Wie wer?« Bo runzelte die Stirn.

»Wie Achim«, sagte Jannik leise. Und noch leiser fügte er hinzu. »Und du.«

Jannik hatte erwartet, dass Bo etwas dazu sagen würde. Aber der fragte nur: »Wegen Hanne?« Seine Haarsträhne fiel ihm ins Gesicht. Ansonsten waren die Haare kürzer, stellte Jannik fest. Auch die Ampel war verblasst, Bo hatte sie lange nicht gefärbt.

»Ja. Dabei hätte, wenn überhaupt, Kai das Recht, sauer auf Loni zu sein. Aber doch nicht Elias.«

»Und was sagt Loni dazu?«

»Dass er schon irgendwann wieder netter wird.«

»Nein, über Hanne«, sagte Bo. »Was denkt sie über Hanne?«

Jannik guckte auf die leere Wand. Ungerechtigkeit, dachte er.

»Sie findet es okay, dass Hanne einen neuen Job hat. Jetzt ist sie öfter zu Hause.«

Bos Gesicht wurde hart.

»Und dafür nimmt sie in Kauf, dass Achim und die anderen gehen mussten. Findest du das nicht egoistisch?«

»Nein. So meint sie das nicht.« Wie sollte Jannik das erklären? »Aber für sie ist es eben schön.«

Bo wiegte den Kopf. »Das ist das Problem mit der Ungerechtigkeit, Nikkel. Was gerecht und was ungerecht ist, darf man nicht danach bemessen, ob etwas schön ist.« Er stand plötzlich auf. »Wie läuft es eigentlich mit eurer Aufgabe?«

»Welcher Aufgabe?«

Bo hatte Jannik den Rücken zugewandt und kramte auf seinem Schreibtisch herum.

»Ihr helft den Leuten?«

»Ach so, ja, machen wir. Als Nächstes wollen wir uns ums Herbstfeuer kümmern. Elias sagt, dass dafür sonst keiner einen Gedanken übrig hat.«

»Gute Idee von Elias«, sagte Bo. Auf einmal klang er zufrieden, und etwas daran störte Jannik.

»Wo ist eigentlich dein Adler?«, fragte Bo, ohne sich umzudrehen.

»Der liegt im Adlerhorst, glaube ich. Warum?«

»Glaubst du? Und die anderen? Tragen die ihren Button auch nicht?«

»Weiß nicht«, sagte Jannik. »Doch, also, meistens.«

Bo zog etwas aus seiner Schreibtischschublade hervor. »Ruf sie zusammen, wir treffen uns in zehn Minuten im Adlerhorst.«

Wo der Feind ist

»Wo habt ihr eure Buttons?«, fragte Bo, als sie zehn Minuten später in ihrem Treffpunkt versammelt waren.

»Hab ich vergessen«, sagte Kai und zuckte mit den Schultern.

»Hast du vergessen.« Bo blickte zu Elias. »Wo ist deiner?«

Elias öffnete seine Jacke und deutete auf sein Shirt. »Hier«, sagte er. Bo nickte knapp.

»Pinar, was ist mit dir?«

»Ich hatte meinen in der Hosentasche, und Mama hat ihn mitgewaschen«, gestand Pinar kleinlaut. Bos Blick wanderte weiter zu Loni. Sie hatte sich heute einen Zopf gebunden. Der Button prangte auf ihrer Jacke.

»Aber wir brauchen die Buttons doch gar nicht«, sagte sie trotzdem. »Wir haben unsere Hemden. Außerdem weiß auch so inzwischen die ganze Straße, wer wir sind.«

Bo ließ sich in die Hängematte zurückfallen.

»Aber wollt ihr denn den Adler nicht tragen? Das seid doch ihr. Darauf könnt ihr stolz sein.«

»Sind wir«, sagte Elias.

»Dann zeigt es auch«, sagte Bo. Eure Hemden sind alle unterschiedlich«, sagte er. »Blau, Hellblau, Türkis, Graublau. Der Button ist das, was euch vereint.« Dann griff er in seine Jackentasche, holte ein kleines papiernes Paket daraus hervor und schlug es auseinander. »Hier.« Ein Stück Stoff lag auf dem Papier. Der Adler prangte darauf.

»Was ist das?«, fragte Loni.

»Eine Armbinde«, sagte Bo.

»Wie beim Fußball.« Elias grinste.

»Warum nur eine?«, erkundigte sich Jannik.

»Hast du schon mal gesehen, dass beim Fußball jeder eine hat?«, sagte Elias.

»Aber wer soll sie denn tragen?«, fragte Pinar. »Wir haben doch keinen Anführer.«

»Das überlasse ich euch. Vielleicht kommen auch mal Zeiten, in denen es sinnvoll ist, einen Spielführer zu haben.«

Bo lächelte.

Jannik sah zu Loni. Die guckte zurück. Unbehaglich, genau wie Jannik sich fühlte.

Bo stand auf. »Und jetzt habt ihr, glaube ich, noch etwas zu tun.«

Ratlos sahen sie sich an.

»Ihr habt euren Freund gefunden«, erklärte Bo. Sie nickten.

»Herr Matiasek«, sagte Pinar.

»Dann wird es jetzt Zeit, dass ihr den zweiten Teil des Rätsels löst.«

»Haben wir denn überhaupt noch Zeit für das Spiel?«, fragte Elias in die Runde. »Ich meine, wir haben doch ein paar Sachen auf dem Zettel. Es sind nur noch fünf Tage bis zum Herbstfeuer.«

»Das eine schließt das andere nicht aus«, sagte Bo. »Seid einfach immer wachsam. Dann werdet ihr die Lösung bald finden.« Er ging zur Tür. Bo schlurft gar nicht mehr beim Gehen, dachte Elias. Wann hat er damit aufgehört? Dort drehte er sich noch einmal um. »Ist übrigens schön geworden hier«, sagte er. »Ihr *guten* Adler.« Er schmunzelte.

»Gut ist besser«, sagte Jannik schnell.

»Ist es«, sagte Bo und grinste.

Aber auch langweiliger, dachte Jannik. Bo findet uns langweilig.

»Gut sein ist viel schwerer«, sagte er.

»Entspann dich, Nikkel«, gab Bo zurück. »Ihr habt eine Entscheidung getroffen. Das ist gut. Das machen Adler. Merkt euch das. Die Adler treffen Entscheidungen. Für sich. Und wenn es sein muss, auch für andere.«

Sie lauschten Bos Schritten bis zur Tapetentür. Kaum fiel die mit ihrem leisen *Klick* ins Schloss, sprang Kai auf. »Wir müssen los. Den Kaffee für Matiasek holen.«

Einer nach dem anderen brachen sie auf. Elias ging zuerst. Jannik war der Nächste. Sie würden sich im Café treffen, hatten sie vereinbart. Aber er wollte lieber auf Loni warten. Er verließ das Haus über den Hof. Doch vorne angekommen, bog er nicht in die Milchstraße ein, sondern lief hinüber zum Spielplatz. Das war ein Risiko. Wenn Matiasek ihn sah, würden sie auffliegen. Er ließ die Wendeplatte hinter sich und ging bei den Büschen, die den Spielplatz säumten, in Deckung. Nach einer Weile kam Pinar. Sie legte den Weg genauso zurück, wie es besprochen war, guckte nicht nach rechts oder links und verschwand nach ein paar Schritten in der Milchstraße.

Auf Pinar folgte Kai. Er lief den ganzen Weg geduckt. Im Gegensatz zu Pinar guckte er immer wieder in alle Richtungen, um sicherzugehen, dass ihn niemand beobachtete. Das kostete ihn Zeit, doch auch er war rechtzeitig verschwunden, ehe Loni auftauchte. Sie trat aus dem Hof, blickte nach rechts und links. Dann ging sie los, als hätte sie es überhaupt nicht eilig. Wie machte sie das nur?

Jannik sah Loni nach, bis sie aus seinem Blickfeld verschwunden war. Er warf noch einen Blick hinüber zum Rotthaus. Keiner da. Also los. Er würde sie schnell einholen. Die würde gucken.

Jannik lief auf die Wendeplatte und Loni hinterher. Doch nach ein paar Schritten blieb er verdutzt stehen.

»Ich habe den zweiten Teil des Rätsels gelöst«, hörte er Elias sagen.

Elias? Der sollte doch längst beim Café sein. Jannik sprang in den nächsten Hauseingang, es war die Nummer 1, und linste hinaus. Auf Höhe der 3 stand Elias. Eben war er noch nicht da gewesen. Klar, er hatte dasselbe gemacht wie Jannik. Sich im Hauseingang versteckt. Hatten Kai und Pinar ihn bemerkt? Wohl nicht, sonst hätten sie bestimmt bei ihm angehalten. Loni stand alleine vor ihm.

»Und?«, fragte sie. »Was ist die Lösung?« Es klang nicht so, als würde es sie wirklich interessieren.

»Wenn wir einen Freund gefunden haben, dann müssen wir logischerweise noch herausfinden, wer unser Feind ist«, sagte Elias.

»So weit richtig«, sagte Loni. »Bis auf, dass ich nicht glaube, dass das der Sinn der Aufgabe ist. Und dass es so was wie einen Feind überhaupt gibt.«

Ein Grinsen machte sich auf Janniks Gesicht breit. Sie dachte noch immer genauso wie er.

»Oh, da liegst du falsch«, sagte Elias. »Ich glaube sogar fest daran, dass es den gibt. Und weißt du was? Ich kenne ihn.«

»Den *Feind*?« Loni lachte. »Ach, Elias. Die Krakenköpfe sind Geschichte.«

»Die Krakenköpfe vielleicht«, sagte Elias. Er war kein bisschen eingeschüchtert davon, dass Loni über ihn lachte. Im Gegenteil, es schien ihn sogar noch anzustacheln. »Aber man sollte sich gut überlegen, ob nicht doch der eine oder andere Falschspieler unter uns ist. Zum Beispiel einer, der auf der verkehrten Seite steht.« Er trat einen Schritt auf sie zu. Loni wich nicht zurück.

»Hör endlich auf mit dem dummen Gefasel. Merkst du nicht, dass das nicht witzig ist?«, sagte sie, und von Freundschaft war in ihrem Ton nichts mehr zu erkennen. Jannik hielt den Atem an. Was, bitte schön, passierte dort vorne?

»Gefasel?« Jetzt lachte Elias. »Das ist kein Gefasel. Das hier, Loni, ist die Wahrheit. Deine Mutter hat Achim den Job gestohlen, und du findest es anscheinend noch nicht einmal schlimm, dass es Kai zu Hause nicht mehr gutgeht. Du findest es nicht schlimm, obwohl er dein Freund ist.«

»Ich finde es schlimm. Aber noch viel schlimmer finde ich, dass du nicht nachdenkst«, sagte Loni. »Meine Mutter hat doch mit der ganzen Sache gar nichts zu tun. Zuerst waren es die Leiharbeiter, weil sie von woanders kamen. Dann haben sie festgestellt, dass auch Mama nicht von hier ist. Und auf einmal ist es nur noch meine Mutter. Nicht die Papes und Deike oder Frau Graue. Nur sie.«

Elias trat noch dichter an Loni heran. Sollte Jannik sich zu erkennen geben und sie in Schutz nehmen? Jetzt ging Elias ja wohl eindeutig zu weit.

»Sie hat damit nichts zu tun?«, sagte er nun. »Bist du dir da ganz sicher? Was meinst du, vielleicht sollte ich mal meinen Vater fragen, wie der es findet, dass ihr immer noch weniger Miete zahlt als der Rest in Nummer 8? Jetzt, wo deine Mutter doch viel mehr verdient. Achim und die anderen übrigens, die zahlen auch mehr Miete.«

152

»Sie verdient überhaupt nicht mehr«, verteidigte Loni sie.

»Ach, nicht?«, sagte Elias. »Wie kommt es dann, dass sie öfter zu Hause ist, wenn sie in der Druckerei nicht mehr verdient als beim Kloputzen?« Er lachte gemein. »Oder willst du mir erzählen, dass es anders ist? Lonely Loni gibt es nicht mehr. Bei Adlers sieht man dich ja wohl kaum noch.«

Lonely Loni ... Einsame Loni. Wie mies Elias sein konnte. Das hatte Jannik nicht gewusst.

»Ach, und woher willst du das wissen?«, fragte Loni eiskalt.«

»Zufällig, Lonely Loni, weiß ich das von Bo.«

Von Bo? Jannik schluckte. Was hatte Elias heimlich mit Bo zu schaffen?

»Ich fürchte, du und die heile Familie, das ist Geschichte«, sagte Elias.

Jannik hatte genug. Loni konnte ja weiterhin stocksteif dastehen und cool bleiben. Er sprang aus dem Hauseingang und rannte auf Elias zu. Ohne anzuhalten, schubste er ihn von Loni weg.

»Jetzt reicht's aber mal! Du spinnst ja wohl!«

Elias war vollkommen überrascht. Er fiel rückwärts auf das Kopfsteinpflaster.

»Nein, *du* spinnst!«, rief er, als er sich wieder aufrappelte. Dabei hielt er sich die Hand.

»Hast du dich verletzt?«, fragte Loni, und es klang ehrlich, als wäre sie in Sorge. Jannik sah sie verwirrt an. Aber Loni war mit Elias' Handgelenk beschäftigt. Das lief bereits blau an. Ich sollte mich entschuldigen, dachte Jannik. Aber ich bin doch im Recht.

»Warum machst du das?«, fragte er darum. »Wir sind ein Team, schon vergessen? Und vor allem sind wir noch was. Wir sind Freunde. Und Freunde halten zusammen.«

»Lass, Jannik«, sagte Loni und zog ihn am Arm. »Komm. Pinar und Kai warten.«

»Ja, ja. Geht nur«, sagte Elias. »Aber auf mich könnt ihr verzichten.«

Loni ließ Jannik nicht los, als sie gingen. Er folgte ihr. Als er sich noch einmal umdrehte, stand Elias noch immer mitten auf der Straße und starrte ihnen nach.

»Wo wart ihr denn so lange?«, begrüßte Kai sie, als sie das Café betraten.

»Wir … wurden aufgehalten«, wich Loni aus. Jannik sagte nichts.

»Wo ist Elias?«, erkundigte sich Pinar.

»Der musste nach Hause«, sagte Jannik schnell. Loni wollte nicht darüber reden? Okay, dann würde er es auch nicht tun. Pinar und Kai wunderten sich nicht weiter, sie alle kannten schließlich Elias' Eltern.

Als sie das Café kurz darauf mit dem Tablett für Matiasek wieder verließen, gingen Pinar und Kai vorweg.

Vor der Druckerei hatten sich die Demonstranten zusammengefunden.

Kai lief schneller.

»Was ist?«, wollte Jannik wissen und versuchte, ihn einzuholen.

»Da drüben sitzt Papa.«

»Ist dir das peinlich?«, fragte Loni. Kai guckte sie nicht an. »Nein. Aber ...«

»Aber was?« Loni runzelte die Stirn und sah auf das Tablett in ihrer Hand. Der Kaffee schwappte in der Tasse leicht hin und her.

»Er ...« Kai brach ab. Dann wurde er leise. »Er findet es nicht gut, wenn wir ... du ...«

Er sprach es nicht aus, aber das musste er auch nicht. Sie hatten es alle verstanden. Kai sollte nicht mehr mit Loni befreundet sein.

»Aber ich kümmere mich nicht um das, was er sagt«, beteuerte Kai.

Loni nickte bloß. Und Jannik glaubte, etwas wie Trotz in ihrem Gesicht zu erkennen.

Elias ließ sich den ganzen Nachmittag nicht mehr blicken. Am nächsten Tag in der Schule allerdings war er wie immer. Kai, Pinar und er schmiedeten in der Pause Pläne, wer an diesem Tag die Hilfe der Adler bekäme, und selbst als Loni und Jannik sich bei der Tischtennisplatte zu ihnen gesellten, machte Elias keine Anstalten, den anderen von gestern zu erzählen.

Nachmittags allerdings warteten sie dann vergeblich auf ihn.

»Wo bleibt er nur?« Pinar schaukelte in der Hängematte herum und wirbelte mit dem Fuß Staub vom Boden auf.

»Ha-tschi!«, nieste Loni.

Pinar hielt den Fuß still. »Entschuldige!«

»Ich schätze, er hat mal wieder Hausarrest«, sagte Kai missmutig. Er saß auf dem Boden und blätterte in einem alten Buch, das er aus einer der Kisten gezogen hatte.

»Der hat ihn bisher auch nie gestört«, gab Jannik zu bedenken. Er hätte Pinar und Kai wirklich gerne die Wahrheit gesagt. Hatten sie sich das nicht erst neulich versprochen? Aber wenn Loni nichts sagte, musste er den Mund halten. Das war ihre Sache.

»Papa sagt, er wäre gestern Abend am Tor gewesen«, erzählte Kai und legte das Buch weg.

»Was wollte er da?« Aus dem Augenwinkel beobachtete Jannik Loni. Sie hatte sich unmerklich gerader hingesetzt.

»Angeblich wollte er nur mal sehen, ob sie etwas bräuchten.« Kai nahm sich ihren alten Sternenatlas, den sie früher zum Spielen gebraucht hatten. Die Sternenkarte ihrer Kindheit. Ein Buch aus einer anderen Zeit, dachte Jannik.

»Er war als Adler unterwegs«, schlussfolgerte Pinar. »Warum hat er uns nicht Bescheid gegeben?«

»Das habe ich mich auch gefragt«, sagte Kai. »Vor allem, weil er …«

»Weil er was?«, fragte Jannik. Er nahm das Buch, das Kai zur Seite gelegt hatte, und schlug es auf.

»Dieses Buch gehört Karl«, las Jannik leise die Druckbuchstaben auf der ersten Seite.

Kai holte tief Luft. »Er hat sich mit Bo getroffen«, sagte er dann schnell. Zu schnell.

»Schon wieder?«, platzte Jannik heraus.

»Was meinst du damit?«, wollte Pinar wissen.

»Elias kann machen, was er will«, ging Loni dazwischen. »Statt uns den Kopf über ihn zu zerbrechen, sollten wir uns auf unsere Aufgabe konzentrieren, findet ihr nicht?«

»Ist nicht dein Ernst!«, entfuhr es Jannik.

»Natürlich ist es das«, sagte Loni ungerührt. »Elias ist garantiert schon dabei, das Rätsel zu lösen. Wollt ihr ihm etwa das Feld überlassen?«

Nein, das wollten sie nicht. Also war es beschlossene Sache. Sie suchten das ganze Haus und den Hof nach Hinweisen ab, doch Bo hatte ihnen keine hinterlassen. Keine Kiste, keine geheime Nachricht, auch kein geheimnisvoller Tipp anderer Art.

Schließlich gaben sie auf und gingen nach Hause.

Und eines mussten sie alle zugeben: Sosehr sie sich auch

bemüht hatten, es fühlte sich nicht mehr richtig an ohne Elias.

»Wir müssen ihn dazu bringen, wieder mitzumachen«, sagte Pinar auf dem Heimweg.

»Nur, wenn er aufhört, sich dauernd mit Loni zu streiten«, sagte Jannik.

»Er sagt, Loni wäre die, die Streit sucht«, sagte Kai.

Jannik blieb stehen. Loni nicht.

»Wann hat er das gesagt?«, fragte er.

»Schon öfter«, wich Kai aus.

»Wenn er das wirklich meint, kann er mir gestohlen bleiben«, entschied Jannik. »Wir sehen uns morgen, und dann kümmern wir uns um das Herbstfeuer. Ohne Elias.«

Damit ließ er Kai und Pinar stehen und beeilte sich, Loni einzuholen. Doch die war schon in ihrem Haus verschwunden. Und als Jannik im ersten Stock ankam, ging gerade ihre Wohnungstür zu.

Kein guter Freund

»Bald ist das Herbstfeuer«, sagte Jannik am nächsten Morgen beim Frühstück.

Bo nickte. »Und, habt ihr schon alles organisiert?«

»Nein, wir wollen heute anfangen.«

»Fragt Achim, ob er euch mit dem Holz hilft«, schlug Bo vor.

»Ihr organisiert das Herbstfeuer?«, fragte Janniks Mutter. »Warum?«

»Weil wir wohl nicht darauf zählen können, dass Achim das dieses Jahr macht«, erklärte Jannik. »Aber wir wollen trotzdem eines haben.«

Janniks Mutter nickte nachdenklich. »Das stimmt. Leider. Aber Bo hat recht, ihr solltet Achim fragen. Vielleicht ist es gut, wenn er mal wieder auf andere Gedanken kommt.«

»Hilfst du uns auch?«, fragte Jannik Bo. Bo überlegte nicht lange. »Klar helfe ich euch.« Für einen kurzen Moment blitzte der alte Bo in dem neuerdings so verschlossenen Gesicht auf.

»Was ist eigentlich mit MLK passiert?«, fragte Jannik.

Bo hob eine Schulter. »Der war nicht mehr zeitgemäß«, sagte er.

»Wie kann denn Martin Luther King nicht mehr in die Zeit passen?«, erkundigte sich Janniks Vater.

Jannik wollte die Antwort lieber nicht wissen.

»Kommt ihr zum Feuer? Auch Oma und Opa?«, fragte er seine Eltern schnell, doch Bo hatte wohl ohnehin nicht vorgehabt, etwas zu sagen.

»Na sicher«, antwortete sein Vater. »Vor allem, wenn es ein Adler-Feuer wird.«

Nach der Schule machten sie sich auf den Weg zum Kaffeeladen. Alle, bis auf Elias. Er habe etwas Wichtigeres zu tun, hatte er verkündet. Dabei war das Herbstfeuer seine Idee gewesen. Sie betraten das Café. Erst Pinar, dann Kai. Doch ehe Loni ihnen folgen konnte, drehte Kai sich um.

»Was ist?«

»Also, äh ...«, murmelte Kai.

»Gibt es ein Problem?«

»Nein. Ich ... ja«, stotterte Kai.

»Was?«, fragte Jannik. »Jetzt sag schon.«

»Papa ... er ...« Kai spähte durch die Tür zur Theke, wo Achim gerade ein paar Gläser auswusch.

»Er möchte nicht, dass ich im Café bin«, beendete Loni den Satz. Kai guckte an ihr vorbei. Er war knallrot im Gesicht und sah aus, als würde er gleich weinen.

»Ich verstehe schon«, sagte Loni.

Sie versuchte, so cool zu klingen, wie sie auch mit Elias

gesprochen hatte, aber diesmal blieb es bei einem Versuch. Kai scharrte mit dem Fuß auf dem Boden. Und da begann es in Jannik zu rumoren.

Ungerechtigkeit an irgendeinem Ort bedroht die Gerechtigkeit an jedem anderen. Bos Satz hallte ihm in den Ohren.

»Warum tun hier alle so, als hätte Loni Achim und den anderen den Job geklaut? Dass unsere Eltern verrücktspielen, ist schon schlimm genug. Und Elias. Aber jetzt auch du?«

Kai war blass geworden und starrte ihn an.

Er spürte, wie Loni ihn am Arm berührte. »Lass es«, sagte sie. »Es ist ja nicht Kais Schuld.«

»Ach nein?«

»Nein«, flüsterte Kai.

»Und wessen Schuld ist es dann?«, rief Jannik. »Immer die der anderen, oder was?«

Im Café drehten Luisa, Elias und Pinar ihre Köpfe, um zu sehen, was los war.

»Ich hab doch gar nichts gemacht.« Kai wisperte jetzt nur noch.

»Aber du tust auch nichts dagegen, sondern schickst Loni weg!«, brüllte Jannik ihn an. Da hob Kai endlich den Kopf. »Was soll ich denn machen?«, schrie er zurück. »Soll ich mich mit meinen Eltern anlegen? Davon wird es auch nicht besser!«

»Woher willst du das wissen?« Jannik konnte es nicht fassen.

»Ich weiß es eben«, schrie Kai noch lauter.

In diesem Moment ertönte ein Adlerruf auf der anderen Seite der Straße. Alle vier drehten die Köpfe. Bo. Er hatte Katha im Arm. Auch Elias war bei ihm. Sie kamen herüber.

»Was ist denn los?«, fragte Elias. Er guckte erst Jannik, dann Kai an.

»Nichts«, murmelte Kai.

»Für *nichts* hast du aber ganz schön laut gebrüllt«, stellte Elias fest. »Jannik?«, fragte er dann. »Ist bei dir auch *nichts*?«

»Nein. Bei mir ist eine ganze Menge«, gab Jannik zurück.

»Und, sagst du uns auch, was das ist?« Elias warf einen Blick zu Loni hinüber, die sich ein paar Schritte von ihnen entfernt hatte, dann fixierte er wieder Jannik.

»Loni darf nicht mehr ins Café«, platze Jannik heraus. Er guckte zu Bo, aber der lachte gerade über einen Scherz, den Katha gemacht hatte.

»Und warum will sie so dringend ins Café?«, fragte Elias.

Jannik glaubte, sich verhört zu haben. Hatte er nicht, denn Elias wartete auf eine Antwort.

»Es geht überhaupt nicht darum, warum sie ins Café will. Es geht darum, dass sie nicht darf.«

Elias wandte den Blick von Jannik ab. »Loni, willst du denn überhaupt ins Café?«, fragte er.

Loni schüttelte den Kopf, woraufhin Elias wieder Jannik ansah.

162

»Sie will gar nicht. Dann ist es doch ganz egal.«

Jannik hatte das Gefühl, gleich zu platzen.

»Das stimmt doch nicht. Sie sagt nur nein, weil du sie fragst. Würde ich sie fragen, würde sie wollen.«

»Und warum sagt sie dann nicht, was sie will? Du musst zugeben, das ist nicht logisch. Und nett ist es auch nicht. Immerhin lügt sie mich dann wohl an, wenn sie nein sagt. Lügst du mich an, Loni? Lügt man Freunde an?«

Loni sah an Elias vorbei.

»Du willst ein Freund sein?«, zischte Jannik.

Elias sah ihn von oben herab an. »Ja, das bin ich. Es ist nur die Frage, ob ihr wisst, was Freundschaft überhaupt ist.« Jetzt wandte er sich wieder Loni zu. »Hatten wir nicht gesagt, es gibt unter den Adlern keine Geheimnisse?«

»Du verdrehst alles«, rief Jannik. »Es geht hier nicht um die Adler, es geht ums Café. Loni dürfte nicht rein, wenn sie wollte. Und jetzt will sie nur deswegen nicht, weil sie nicht darf.«

Er wartete darauf, dass Bo endlich etwas sagte, aber der stand bloß da und hörte ihnen interessiert zu.

Elias lachte. »Ich glaube, du verdrehst gerade was. Nicht ich. Ich halte mich einfach nur an das, was Loni sagt.«

»Schön, wie ihr über mich redet, als wäre ich gar nicht da«, sagte Loni plötzlich. »Aber wisst ihr was? Das könnt ihr vergessen. Ich bin da. Und ich bleibe es auch.«

Damit marschierte sie schnurstracks ins Café und kam

wenig später mit dem Tablett für Matiasek wieder heraus. Kai guckte sorgenvoll durch die Fensterscheibe nach innen.

»Ich gehe jetzt ins Rotthaus«, sagte Loni. »Ihr könnt mitkommen oder es lassen. Kümmert euch um das Herbstfeuer oder macht, was ihr wollt.«

»Nicht schlecht«, lachte Bo. »Ich weiß, warum Loni immer euer Captain war. Vielleicht wäre es gar nicht so übel, wenn die Adler einen Anführer bekämen.« Er ließ den Blick zu Elias wandern.

»Das ist nicht lustig, Bo«, rief Jannik.

»Das sollte es auch nicht sein«, gab Bo zurück.

Jannik warf ihm einen wütenden Blick zu. »Und ihr, steht ihr einfach hier rum und glotzt?« Das hatte Kai und Pinar gegolten. Sie antworteten nicht.

»Ach, vergesst es«, sagte er und folgte Loni.

Bis zum Rotthaus stapfte sie stumm vor sich hin. Der Kaffee auf dem Tablett schwappte mehrfach über, Loni schien es gar nicht zu bemerken.

»Heute nur zu zweit?«, begrüßte Matiasek sie und ließ sie ein.

»Die anderen sind beschäftigt«, erklärte Jannik knapp. Was sollte er auch sagen? Die anderen machen ihr eigenes Ding? Die anderen spielen verrückt?

»Ihr habt euch gestritten«, stellte Matiasek fest, als sie ihm im Wohnzimmer gegenübersaßen und wie immer ihre Limonade tranken.

164

»Ich weiß nicht, ob man das so nennen kann«, murmelte Jannik.

Matiasek nahm einen Schluck von seinem Kaffee, stellte ihn jedoch sofort wieder ab.

Der alte Mann lächelte ihm freundlich zu. Dann sah er Loni an. »Ist dir kalt?«

Wie meinte er das? In der Wohnung war es viel zu warm, Jannik schwitzte. Doch Loni nickte.

»Ja, das verstehe ich«, sagte Matiasek. »Mir wird auch immer kälter.«

Loni zog die Nase hoch. »Sind Sie noch manchmal auf dem Dachboden?«, fragte sie dann. Jannik verschluckte sich vor Schreck. Er hustete, bis Loni ihm auf den Rücken klopfte.

»Alles klar?«, fragte sie.

»Ja, geht schon«, keuchte Jannik. »Aber ich finde, wir könnten über etwas Spannenderes reden als über den Dachboden. Da gibt es doch bestimmt bloß Staub.«

»Oh, der Dachboden ist sogar sehr spannend«, widersprach Matiasek. Er blickte aus dem Fenster, als hätte er da draußen etwas entdeckt, was er lange nicht mehr gesehen hatte. »Aber um deine Frage zu beantworten: Nein, ich war schon viele Jahre nicht mehr dort oben. Eigentlich nicht mehr, seit ich ein Junge war.«

»Wissen Sie noch, welches Abteil zu welcher Wohnung gehört hat?«

Matiasek lächelte. »Aber sicher weiß ich das. Ich bin zwar alt, aber mein Gedächtnis ist gut.« Wieder sah er zum Fenster. »Besser als das vieler jüngerer Leute, will es mir in letzter Zeit scheinen.«

»Und wem gehörte was?«, fragte Loni weiter. Was hatte sie vor? Wenn sie so weitermachte, konnte sie Matiasek den Adlerhorst auch gleich auf seinem Kaffeetablett servieren.

Matiasek zwirbelte die Spitzenborte der Wohnzimmertischdecke zwischen seinen krummen Fingern, während er überlegte.

»Die beiden Abteile ganz vorne gehörten zur vierten Etage«, begann er dann. »Die Leute da haben so oft gewechselt, ich weiß nicht mehr, wie sie alle hießen. Dahinter sind die Abteile für den dritten Stock. Und so geht es weiter bis nach hinten.«

»Dann sind die Abteile ganz hinten die vom Erdgeschoss?«

Matiasek schüttelte den Kopf. »Nein. Die Erdgeschosswohnungen hatten keinen Platz auf dem Dachboden. Sie konnten ihre Sachen im Keller unterbringen. Ganz hinten waren die Abteile des ersten Stocks.«

Die zwei Familien mit den vielen Kindern, erinnerte sich Jannik an das, was Elias gesagt hatte, als sie sich kurz nach seinem Geburtstag ins Rotthaus geschlichen hatten. Damals, in einer anderen Zeit.

Herr Matiasek ließ die Tischdecke los und sah sie an. »Im ersten Stock wohnten zwei Familien. Links die Königs. Die

hatten fünf Kinder. Herr König war einer der ersten Angestellten der Druckerei.«

»König?«, fragte Loni. Und Jannik setzte hinzu: »Wie
Elias?«

»Ja, sein Vater ist der Enkel vom alten König.«

Warum hatte Elias ihnen das nicht erzählt? Schämte er
sich, dass sein Uropa im Rotthaus gewohnt hatte? Oder
sein Vater? Ließ er das Rotthaus deshalb verrotten?

Matiasek lächelte. »Was sage ich? So alt war der gar nicht.
Aber uns kam er immer so vor. Seine Frau war viel jünger
als er.«

»Er kam Ihnen so vor?«, hakte Jannik nach.

Matiasek hob den Blick. »Ich war eng mit den Königskindern befreundet«, erklärte er. »So haben wir sie immer
genannt. Die Königskinder. Weil die es so gut hatten. Ihre
Eltern waren wahnsinnig nett zu ihnen. Und in der Druckerei zu arbeiten gab gutes Geld.«

Loni senkte den Blick.

»Und neben den Königs?«, fragte Jannik.

»Da wohnte Familie Kurz. Herr und Frau Kurz hatten
einen Sohn.«

»Kurz?« Loni saß auf einmal kerzengerade.

Matiasek nickte. »Kurz, ja, so hießen sie.«

»Wie du«, sagte Jannik.

Matiasek hob die Augenbrauen. »Du heißt Kurz mit
Nachnamen?«

»Ja. Meine Mutter hatte einen deutschen Vater. Glaube ich.«

»Kurz ist kein seltener Name«, sagte Matiasek. »Aber wer weiß, vielleicht seid ihr ja verwandt?«

»Nein, das kann nicht sein«, widersprach Loni. »Mama ist nicht in Deutschland geboren.«

»Na, dann seid ihr wohl nicht verwandt«, meinte Matiasek. Er verstummte und sah wieder aus dem Fenster. »Der Karl war nicht ganz gesund. Ich weiß gar nicht, was aus dem geworden ist.« Während er das sagte, wurde er immer leiser. Als würden seine Worte von seiner Erinnerung an Karl fortgetragen.

»Welcher Dachboden hat Karls Familie gehört?«, fragte Loni. Doch Jannik wusste es bereits. Der Adlerhorst.

»Der ganz hinten«, beantwortete Matiasek Lonis Frage. »Wir haben uns dort oft vor unseren Eltern versteckt. Ach, damals war hier so viel los. Ihr glaubt nicht, wie laut es im Treppenhaus manchmal war. Überall standen die Türen offen, und wir Kinder sind den ganzen Nachmittag durchs Haus getobt. Unzertrennlich waren wir. Wie ihr.«

Sein Blick ging ins Leere.

»War Karl Ihr bester Freund?«, fragte Loni nach einer Weile.

Matiasek nickte. »Ja, das war er. Aber dann habe ich einen großen Fehler gemacht.«

»Was für einen?«, wollte Jannik wissen.

168

»Ich habe einen Fehler gemacht, den ich nie wieder zurücknehmen kann.«

»Aber welchen denn?«

»Ich habe aufgehört, ein guter Freund zu sein.« Unvermittelt stand Matiasek auf. »So, und jetzt habe ich zu tun«, sagte er brüsk.

Er begleitete sie zur Tür und schloss sie, kaum standen Loni und Jannik im Treppenhaus.

»Karl und Otto«, flüsterte Loni. »Otto Matiasek.«

»Die Jungen auf dem Foto«, bestätigte Jannik.

»Meinst du, das ist die Lösung? Wollte Bo uns auf Karls Spuren führen?«

»Ja, vielleicht. Im Adlerhorst liegt ja auch noch eines seiner Bücher. Mensch, Loni! Vielleicht ist Karl auch die Lösung für das letzte Rätsel! Die vielen Geheimnisse im Adlerhorst.«

Loni fuhr sich durch die Haare. »Sollen wir versuchen, mehr über Karl herauszufinden?«

»Was ist mit dem Herbstfeuer?«

»Ach, darum kümmern sich garantiert die anderen«, sagte Loni düster. »Und wenn Achim ihnen hilft, bin ich sowieso nicht erwünscht.«

»Loni, das …«, begann Jannik. Aber was sollte er sagen?

»Lass uns nach oben gehen und uns umsehen.«

Sie schlichen die Treppe hinauf. Unterm Dach war es still. Nicht einmal das Geräusch der Druckerei war in diesem

Augenblick zu hören. Sie betraten den Adlerhorst. Er war verlassen. Jannik ging zu der Kiste mit den Büchern, aus denen Kai das von Karl hervorgezogen hatte. »Vielleicht sind noch mehr Sachen von ihm da als nur das Buch«, sagte Jannik.

Loni trat neben ihn, und eine Weile kramten sie in den Kisten herum und stöberten sich durch Karls Leben. Er war ein ganz normaler Junge gewesen, schien es. Er hatte Spielzeug besessen, Bücher, einen Roller. Alles wirkte angestaubt und irgendwie verjährt. So, als hätte es durch die Jahre in den Kisten seine Gültigkeit verloren. Wie ein abgelaufenes Busticket. Aber nichts war besonders, nichts wies darauf hin, dass Karl krank gewesen war.

»Was glaubst du, was er hatte?«, überlegte Jannik.

Loni zog das Foto aus dem Adlerbuch. Sie betrachteten es.

»Hier, siehst du?«, sagte sie und deutete auf Karls rechten Arm. Er war viel kürzer als der linke. Ein kurzer Stummel an der Schulter.

»Das ist doch keine Krankheit«, sagte Jannik. »Das kann Matiasek nicht meinen.«

»Ich glaube schon«, sagte Loni. Sie nahm ein weiteres Buch aus der ersten Kiste und schlug es auf. Etwas fiel heraus. Jannik hob es auf. Es war ein Notizheft. Vorne drauf prangte ein Adler. Er war nicht wie ihrer mitten im Anflug auf die Beute eingefangen. Er saß herrschaftlich und mit

170

gespreizten Flügeln da und blickte zur Seite. Jannik starrte das Bild an.

»Was ist?«, fragte Loni und nahm ihm das Buch aus der Hand. »Ein Adler?«, sagte sie dann. Sie legte das Foto neben das Buch. »Wie der hier«, stellte sie fest.

»Was meinst du?« Jannik konnte keinen Adler erkennen. Loni deutete auf das Hemd des größeren Jungen. Auf Ottos Hemd.

»Die Brosche!« Sie war Jannik bisher nicht aufgefallen. Otto trug eine Adlerbrosche. Sie prangte auf einem lang-ärmeligen Hemd. Dazu hatte er kurze Hosen an, und ein Tuch war wie eine Krawatte unter dem Hemdkragen um seinen Hals geschlungen. Rechts trug er eine Armbinde.

»Das sieht aus wie eine Uniform.«

»Karl trägt keine«, stellte Loni fest. Sie nahm das Notiz-buch hoch. »Aber es ist eindeutig der Adler.«

»Guck mal, ob was drinsteht.«

Sie hockte sich in die Hängematte und begann, in dem Buch zu blättern.

»Ich kann die Schrift nicht lesen«, sagte sie. »Das muss uralt sein.«

»Wir sollten Matiasek fragen«, sagte Jannik. »Vielleicht freut er sich, dass wir das gefunden haben.«

»Meinst du?« Loni sah ihn skeptisch an. »Wer weiß, ob es wirklich Karl gehört hat.«

Loni kramte weiter in der Kiste. »Hier sind noch mehr.«

Sie zog einen ganzen Stapel ähnlicher Hefte heraus. Auf allen prangte der Adler.

»Was glaubst du, was ist das für einer?«

»Weiß nicht«, sagte Loni und schwieg für einen Moment. Dann fragte sie: »Und was jetzt? Sollen wir nachsehen, was die anderen machen?«

»Ernsthaft? Nein, ich habe für heute genug von denen«, widersprach Jannik. »Wir sehen das Feuer ja bald.«

Und so gingen sie nach Hause und ließen den Nachmittag vorbeiziehen, jeder in seine eigenen, grauen Gedanken versunken.

Herbstfeuer

»Los, Jannik. Loni! Trödelt nicht so!«, rief Janniks Vater, als sie sich am Ende der Woche auf den Weg zum Herbstfeuer machten. Die ganze Milchstraße war unterwegs, alle waren dick eingewickelt in warme Jacken und Schals, es war einer der ersten winterkalten Tage.

»Dann wollen wir doch mal sehen, was für ein Feuerchen die Adler uns in diesem Jahr bescheren«, sagte Opa Paul gutgelaunt. »Wie schön, dass ihr daran gedacht habt.« Er drückte Jannik die Schulter.

»Du hast ihnen nicht gesagt, dass wir nicht mitgemacht haben, oder?«, flüsterte Loni ihm zu.

»Nein. Dann hätten sie bloß wissen wollen, warum.«

Stumm gingen sie die Straße hinunter. Vor ihnen liefen die Königs, und auch Pinars Eltern konnte Jannik entdecken. Hanne ging ein Stück hinter ihnen, zusammen mit seiner Mutter. Dass sie trotz allem gekommen ist, dachte Jannik. Das macht sie nur für Loni.

Am Linden-Platz war schon viel los. Alle drängelten sich um den riesigen Holzstoß, um gleich, wenn das Feuer entzündet würde, die beste Sicht zu haben. Oder sie standen an, um sich bei Luisas Verkaufsstand einen Punsch zu holen.

Elias, Kai und Pinar hatten sich auf einem kleinen Podest neben dem Holzstoß positioniert und strahlten stolz.

»Sollen wir rübergehen?«, fragte Loni.

»Ja, wenn's sein muss.« Jannik fragte sich wirklich, was sie dort wollte. Anscheinend hatte sie sich in den Kopf gesetzt, einfach nicht klein beizugeben.

»Hey«, begrüßte Loni die drei, als sie das Podest erreicht hatten.

»Was für eine Überraschung«, sagte Elias. Er trug die Armbinde.

»Hallo«, kam es von Kai und Pinar. »Ist das nicht schön geworden?«

»Zumindest ist es das größte Feuer, das die Milchstraße je gesehen hat«, gab Loni zu.

»Natürlich ist es das«, sagte Elias. Er sah auf die Uhr. »Noch dreißig Sekunden bis neunzehn Uhr. Gleich geht's los.«

Er hob die Hand und winkte Achim, der sogleich zu ihnen herüberkam.

»Komm, wir gehen«, flüsterte Jannik, doch Loni rührte sich nicht vom Fleck.

»Jannik!«, rief in diesem Moment eine Stimme. Bo war hinter ihnen aufgetaucht. »Da seid ihr ja.«

Bos Ampel war jetzt endgültig verschwunden, auch die Zotteln, die ihm immer ins Gesicht hingen. Stattdessen hatten seine Haare ihre echte Farbe, Braun. Sie waren braun, glatt, an den Seiten kurz, oben länger und mit ei-

174

nem schnurgeraden Seitenscheitel. Boris, dachte Jannik. So hieß Bo eigentlich. Das ist Boris, nicht Bo der Gute.

»Wo wart ihr?«, fragte Bo mit gerunzelter Stirn. Er deutete auf den Holzstoß. »Wir hätten eure Hilfe gut gebrauchen können. Einmal Adler, immer Adler.«

»Sag das Elias«, murmelte Jannik.

»Wie bitte?« Bo nahm ihn am Arm. »Was ist mit Elias?«

»Das weißt du ja wohl ganz genau«, fuhr Jannik ihn an. Bo ließ ihn los. »Und was hat das mit dir zu tun?«

Jannik starrte seinen Bruder an. »Was das mit mir zu tun hat? Das hat mit uns allen zu tun. Und vor allem hat es mit dir zu tun. Loni ist nämlich auch *deine* Schwester.«

Bo sah Loni an. »Nein«, sagte er dann. »Das ist sie nicht. Genauso wenig, wie sie deine ist.« Damit ließ er Jannik stehen und begab sich zu Elias, Pinar und Kai auf das Podest.

Jannik sah zu Loni. Sie stand da, angewurzelt wie eben, doch überhaupt nicht mehr selbstsicher. Einfach nur klein und blass. Die Haare hatten sich größtenteils aus ihrem Zopf gelöst und kräuselten sich zerzaust um ihren Kopf. Nur eine einzelne Strähne wurde noch von dem adlerblauen Haargummi gehalten.

»Loni«, sagte Jannik entschlossen. »Wir gehen.« Er wartete ihre Antwort nicht ab, sondern zog sie einfach mit sich. Als sie an Oma Marianna vorbeikamen, die gerade einen Punsch ergattert hatte, sagte Jannik: »Ihr findet uns zu Hause.« Auch auf ihre Antwort wartete er nicht. Loni im Schlepptau, marschierte er einfach los. Weg von Elias, weg von Achim. Weg von Bo. Weg von dem Feuer, das in diesem Augenblick hinter ihnen entzündet wurde. Er hörte die Leute jubeln. Und er hörte Loni schniefen.

Es war mitten in der Nacht, als es laut wurde in der Milchstraße. Jannik erwachte von einem Scheppern und hallenden Rufen. Er stand auf und ging zum Fenster. »Was war das?«, murmelte Loni zwischen ihren Kissen hervor.

»Ich weiß nicht. Aber riechst du das?« Es roch immer noch nach Holzfeuer, aber auch nach verbranntem Gummi. Beißend zog der Geruch durch das gekippte Fenster zu ihnen herein.

»Kommt das vom Feuer?« Loni setzte sich mit einem Schlag hellwach auf. Die Nächte verbrachte sie noch immer meistens bei Adlers, Hanne arbeitete jetzt im Schichtdienst. »Sind die anderen schon zurück?«

Jannik ging zur Tür und spähte hinaus. Im Wohnzimmer war Licht. Er schlich sich zur Tür und lauschte. Seine Großeltern, seine Eltern. Sie unterhielten sich leise, Jannik konnte nicht verstehen, worum es ging. Auch Hanne war da. Er schlich zurück in sein Zimmer. Loni stand inzwischen am Fenster.

»Deine Mutter ist hier. Oma und Opa auch.«

Loni drehte sich zu ihm um. »Da stimmt was nicht. Lass uns nachsehen.«

Mit mulmigem Gefühl schlichen sich Jannik und Loni aus der Wohnung.

Auf der Straße angekommen, schlug ihnen der beißende Gestank dreimal so stark entgegen. Sie rannten in Richtung des Linden-Platzes.

Je näher sie dem Feuer kamen, desto heller wurde es in der Straße. Ein orangefarbener Schimmer lag auf den nächtlichen Häuserfassaden. Im Hintergrund ratterte die Druckerei, in der Hanne eigentlich gerade sein sollte, überlagert von lauten Stimmen.

Sie rannten schneller.

Als sie den Platz erreicht hatten, blieb Jannik abrupt stehen. Es waren nicht mehr viele Leute da. Eine kleine Gruppe stand am Rand des Feuers, einige andere waren dabei, die Flammen erneut zu füttern. Doch es war kein Holz, das sie hineinwarfen.

»Das sind Fahrräder!«, flüsterte Jannik.

Fassungslos starrten sie in das Feuer. Hinter ihnen schepperte es. Jannik drehte sich um. Am Zaun der Druckerei waren zwei Leute dabei, ein Fahrradschloss zu knacken. Achim. Und Bo.

Der Pförtner der Druckerei versuchte sie daran zu hindern. Umsonst.

»Das ist Mamas Rad!«, flüsterte Loni.

»Wir müssen was tun!«, rief Jannik. Er wusste nicht, welches Rad sie meinte, das, das Achim und Bo jetzt in Richtung des Feuers schleppten, oder eines, das schon brannte. Aber es war auch ganz egal. Die Hitze schlug ihm ins Gesicht.

»Warte hier!«, sagte er zu Loni. Dann umrundete er das Feuer. Achim stand inzwischen auf der anderen Seite, Bo war bereits wieder unterwegs zum Tor. Das Rad ging gerade in Flammen auf. Lonis Blick zufolge war es Hannes.

Jannik versuchte, Bo aufzuhalten, doch der bemerkte ihn gar nicht und stürmte einfach an ihm vorbei.

»Achim!« Jannik stürzte auf ihn zu. »Stopp! Das dürft ihr nicht!«

Achim sah ihn an. »Geh nach Hause«, sagte er. »Das ist nichts für dich.«

»Nein!«, rief Jannik. »Da brennt Hannes Rad!«

Achim nickte. »Das kann sein«, sagte er und wandte sich ab.

Jannik hätte sich nicht elender fühlen können. Durch das Feuer sah er Loni. Sie weinte. Und neben ihr stand Matiasek, die Hand auf ihrer Schulter. Wo kam der denn auf einmal her?

Jannik drehte auf dem Absatz um und kehrte zu Loni zurück.

»Jannik!«, sagte Matiasek. »Ihr könnt hier nichts tun.« Matiasek sah ihn voller Entsetzen an. Tränen standen ihm in den Augen, vielleicht vom Rauch. »Geht nach Hause, und gebt euren Eltern Bescheid!«, rief er mit einer Kraft in der Stimme, die Jannik ihm gar nicht zugetraut hatte.

»Komm, Loni«, rief Jannik. Ihre Hand in seiner, folgte sie ihm wortlos zurück nach Hause.

»Leonie, Jannik? Seid ihr das?« Opa Paul trat aus dem Wohnzimmer, als sie zur Tür hereinstürmten. »Ach, dachte ich doch, ich hätte die Haustür gehört.« Er sah sie entgeistert an.

»Opa! Opa, im Herbstfeuer verbrennen sie Fahrräder!«

»Wie bitte?« Janniks Vater erschien im Türrahmen.

»Achim ist auch dabei«, erklärte Jannik atemlos. »Und Bo«, sagte er dann leiser.

»Ich gehe hin!«, sagte Opa Paul.

»Ich komme mit.« Janniks Vater zog sich bereits die Schuhe an.

Jannik wollte ihnen zur Tür folgen.

»Nein, ihr bleibt hier«, entschied sein Vater. »Geht ins Wohnzimmer.« Vielleicht eine Sekunde lang guckte er Loni traurig an, doch dann riss er sich zusammen und eilte mit Opa Paul zur Tür hinaus.

Gemeinsam betraten sie das Wohnzimmer.

»Loni!« Hanne, die zwischen Oma Marianna und Janniks Mutter auf dem Sofa gesessen hatte, sprang auf und nahm Loni in die Arme.

»Mama! Auf dem Linden-Platz verbrennen sie Räder!«, wisperte Loni an Hannes Hals. »Auch deins.«

Hanne strich ihr über die Haare.

»Warum bist du hier?«, fragte Loni. »Musst du nicht arbeiten?«

Hanne seufzte.

»Setz dich«, sagte sie und setzte sich selbst wieder zwischen Marianna und Janniks Mutter. Zwei Wächterinnen, schoss es Jannik durch den Kopf.

»Jannik, du auch«, sagte seine Mutter ernst.

Loni und er nahmen im Schneidersitz auf dem Teppich Platz. Bos Geschichtenteppich …

»Loni, wir …« Hanne brach ab und schluckte. Hilfesuchend sah sie Janniks Mutter an.

»Ihr müsst umziehen«, vollendete die Hannes Satz.

»Nein!«, riefen Jannik und Loni zugleich.

»Elias' Vater hat uns die Wohnung gekündigt.« Hannes Augen füllten sich mit Tränen. Zum ersten Mal seit die ganze Sache begonnen hatte, wirkte sie nicht mehr sicher. Auch Loni begann wieder zu weinen.

»Die Druckerei«, sagte sie. »Es ist alles bloß noch wegen der Druckerei.«

Kein Wunder, dass Elias sich so aufführt, dachte Jannik. Den König haben sie auf ihre Seite gezogen.

»Aber das kann er doch nicht machen!«, rief er.

Hanne sah erst Loni, dann ihn traurig an. »In dem Schreiben steht, dass er die Wohnung selbst braucht. Wenn das so ist, darf er es.«

»Wofür denn?« Loni sprang auf. »Wofür sollte er sie brauchen? Um sein ganzes Geld da unterzustellen? Platzt es bei ihm schon zu den Fenstern raus?«

»Loni!« Hanne stand nun ebenfalls wieder auf. »Sag so was nicht.«

»Doch, Mama«, rief Loni. »Weil es wahr ist. Weil hier alle nicht mehr richtig ticken, seit die Druckerei Leute entlassen hat. Jetzt weiß ich wenigstens, woher Elias das hat.« Sie stürmte aus dem Zimmer. Kurz darauf hörte Jannik ihre und eine Sekunde später Lonis Wohnungstür zuschlagen.

Hanne wollte ihr nach, doch Janniks Mutter hielt sie zurück.

»Lass sie, Hanne. Sie beruhigt sich schon wieder.« Hanne blieb mit hängendem Kopf stehen.

»Sie hat recht«, sagte Oma Marianna leise.

Hanne drehte sich zu ihr um. »Sag das noch mal.«

»Loni hat recht. Der König braucht die Wohnung nicht. Und es *hat* alles mit der Druckerei zu tun. Mit Achim. Aber der König kann euch nicht einfach so vor die Tür setzen. Ihr habt da auch Rechte.«

Hanne sah Janniks Oma nachdenklich an. »Und wenn ich mich wehre, was passiert dann?«, fragte sie. »Dann wird alles nur noch schlimmer, Marianna. Wenn ich gegen die Kündigung vorgehe, wenn ich recht bekommen sollte, glaubst du, ich kriege hier noch mal ein Bein auf den Boden? Und was ist dann mit Loni?«

»Du willst das also einfach so hinnehmen?«, fragte Janniks Mutter.

Hanne zuckte mit den Schultern. »Was soll ich sonst machen?«

Jannik richtete sich auf. »Und was dann? Ihr zieht weg oder was? Das geht nicht. Du kannst dir das nicht gefallen lassen! Mama, Oma! Wir müssen was tun!«

»Aber wir können nichts tun, Jannik«, sagte seine Mutter. »Das sind Entscheidungen, da stecken wir nicht drin. Und wenn Hanne –« Sie beendete den Satz nicht.

»Und das Feuer? Dass sie einfach die Räder verbrennen?«

»Das wird sich schon wieder beruhigen«, sagte seine Mutter. »Und das sollten wir auch tun.«

»Ich will mich aber nicht beruhigen! Ich will, dass alle wieder normal werden. Und jetzt gehe ich zu Loni. Oder können wir da etwa auch nichts tun?«

Er hörte seine Mutter nach Luft schnappen. Das gehörte zu den goldenen Regeln im Hause Adler. Man konnte anderer Meinung sein, aber man wurde niemals laut. Schreien sei aggressiv und außerdem ein Zeichen, dass man unrecht habe, fanden seine Eltern. Aber Jannik war das gerade so was von egal. Er riss die Wohnungstür auf und wäre beinahe mit Bo zusammengestoßen, der soeben nach Hause kam.

»Hoppla, Nikkel«, sagte er lachend. »Wovor läufst du denn davon?«

»Das willst du wissen, ja?« Jannik drängelte ihn zur Seite. »Dann frag mal im Wohnzimmer nach … Boris.«

»Du musst dich mal entscheiden, Nikkel«, rief Boris ihm nach. »Du musst wissen, auf wessen Seite du stehst. Sonst kann ich dir nicht helfen.«

»Ich brauche keine Hilfe«, sagte Jannik und schloss die Tür.

A wie Adler

Der nächste Morgen brachte trübes Licht. Grau hingen die Wolken über der Milchstraße, die Sonne war nur als eine mattsilberne Scheibe hinter ihnen zu erahnen. Die Druckerei ratterte wie immer vor sich hin. Unerschütterlich, komme, was wolle. Die Luft war erfüllt vom Geruch des Herbstfeuers, das noch immer hier und da leise glomm. Nach und nach sprach sich herum, was in der Nacht geschehen war. Auch die Räder der Papes und das von Herrn Deike hatten gebrannt. Man munkelte, dass der König einige Briefe geschrieben hatte. Hanne und Loni waren nicht die Einzigen, deren Wohnung er auf einmal für sich benötigte. Die Papes, Familie Graue, die Eltern von Frau Graue, die Deikes und die Schwester von Herrn Deike, ihnen allen hatte der König gekündigt.

Jannik war gleich nach der Schule zum Linden-Platz gegangen. Er wollte sehen, ob Hannes Rad es vielleicht doch überstanden hatte. Kai, Elias und Pinar hatten die letzte Stunde freibekommen, um beim Aufräumen zu helfen.

»Du kannst da ja hingehen«, hatte Loni gesagt. »Aber ich nicht. Ich gucke mir das Elend nicht auch noch an. Lieber gehe ich zu Matiasek und bringe ihm seinen Kaffee.«

Doch dann hatte Loni am Eingang von Luisas Kaffee-laden ein Schild entdeckt.

Geschlossene Gesellschaft. Darunter war eine Zeichnung vom Tor angebracht, innen standen einige Leute am Zaun, und es sah aus, als wollten sie hinaus. Es waren Strich-männchen, doch ihre Gesichter waren die von Hanne und den anderen aus der Straße.

»Jetzt reicht es aber wirklich«, hatte Jannik gesagt und war an Lonis Stelle das Tablett holen gegangen. Er hatte sich vorgenommen, Luisa zu sagen, was er von diesem Schild hielt, und hatte sich doch nicht getraut. Auch gegenüber Kai schwieg er. Stumm schippte er mit ihnen den Schutt zur Seite und hielt dabei nach Hannes Rad Ausschau.

»Papa sagt, alle, die aus ihren Wohnungen rausmüssen, können vorerst in andere Wohnungen«, erzählte Elias, als sie die erste Schubkarre mit Schutt beluden.

»Warum wartet dein Vater nicht wenigstens, bis die Leu-te was anderes haben?«, fragte Jannik feindselig. »Weshalb sollen sie erst umziehen, um dann trotzdem endgültig zu gehen?«

Elias richtete sich auf und sah sie an. In der Hand hielt er einen Lenker mit verschmorten Griffen.

»Weil Papa diese Wohnungen eben braucht.« Er hielt den Lenker über seinen Kopf und grinste. »Ich bin ein Hirsch. Ich bin dein Vater, Bambi!« Er hüpfte von einem Bein aufs andere. »Oh, aua, ist das Feuer heiß!«

»Super witzig«, sagte Jannik. Doch Pinar und Kai lachten, und damit stand es drei gegen zwei. Das waren sie also, die Adler. So lief das Spiel.

»Seit wann findest du eigentlich etwas gut, was dein Vater tut«, bohrte Jannik nach. Elias tat so, als hätte er die Frage nicht gehört.

»Habt ihr gehört? Die Deikes haben sich bei Luisa total danebenbenommen«, sagte er stattdessen.

»Was?« Kai sah auf. »Davon hat Mama nichts erzählt. Was haben sie denn gemacht?«

»Nicht zahlen wollten sie«, behauptete Elias.

»Woher weißt du das?«, fragte Jannik.

»Ich weiß es eben«, sagte Elias.

»Und darum dürfen sie jetzt nicht mehr ins Café, oder was? Und die anderen? Haben die sich auch ›danebenbenommen‹?«

Jannik erhielt keine Antwort.

»Kai?«, fragte er. »Was soll das?«

»Wahrscheinlich«, log Kai.

»Wohin sollen die Familien eigentlich ziehen?«, wollte Pinar wissen. »In unserer Straße gibt es doch gar keine leeren Wohnungen.«

Das stimmte. Hieß das, Loni musste schon gleich aus der Milchstraße weg?

»Gibt es doch«, sagte Elias. »Nicht direkt in der Milchstraße. Aber fast.«

186

Sie hielten alle gleichzeitig inne.

»Das kann dein Vater vergessen«, sagte Jannik. »Und du auch. Da kriegt ihr die Leute nicht rein. Das darf er nicht.«

»Natürlich darf er«, sagte Elias cool. »Aber es zwingt Loni ja keiner. Und ihre Mutter auch nicht.«

»Nein«, sagte Jannik. »Loni zieht nicht ins Rotthaus.«

Sie räumten eine Weile schweigend weiter.

»Welches ist eigentlich Hannes Rad?«, fragte Elias plötzlich. Alle sahen auf.

Jannik wischte sich die Hände an der Hose ab, ging zur Schubkarre und hob den losen Lenker hoch über seinen Kopf.

»Bambis Vater«, sagte er.

»Oh«, entfuhr es Pinar. »Entschuldige. Ich … wir … das war gemein.«

»Warum?«, fragte Elias. »Es war ein Witz. Und seit wann vertragen die Adler keine Witze mehr? Außerdem ist es ja wohl nicht dein Rad, Jannik. Oder?«

»Und ist es deines? Warum hängst du dich da so rein? Weil du Bo gefallen willst? Oder geht es dir wirklich um Achim? Und um die anderen? Nein, du hast nämlich keine Ahnung, was bei denen los ist. Aber das kann dir ja auch völlig egal sein. Du hast schließlich nicht dein halbes Leben bei anderen Leuten gewohnt, weil deine Mutter so viel arbeitet.«

Elias starrte ihn an. Jannik hielt seinem Blick stand.

»Was bist du, Jannik?«, fragte Elias schließlich. »Ein Adler? Dann benimm dich auch wie einer. Sonst wirst du ganz schnell zur Beute.«

Niemand sagte etwas. Auch Jannik fiel nichts ein.

»Warum sind wir eigentlich die Einzigen, die hier aufräumen?«, fragte Pinar nach einer Weile, als wäre nichts gewesen. »Wo sind Achim und die anderen?« Und Bo, dachte Jannik. Wo ist Bo?

»Sie haben zu tun«, war Elias' Antwort.

»Und wir machen ihren Dreck weg, weil … äh, warum noch mal?« Jannik blieb hartnäckig. Er war wütend. Auf Elias. Auf Kai und Pinar, weil sie gelacht hatten. Und auf sich selbst, weil er hier mit anpackte, als sei alles in bester Ordnung.

»Hat Bo nicht gesagt, dass die Adler das tun sollen?«, fragte Pinar.

Hatte er das? Jannik war sich nicht mehr sicher.

Sie schufteten noch eine Weile weiter. Vier Schubkarren voll brachten sie zu den Mülltonnen hinter dem Kaffeeladen. Dann machte Jannik sich auf den Weg zu Matiasek, unter dem Arm das Geweih von Bambis Vater.

»Hallo, Jannik«, begrüßte der ihn erfreut. »Kommt ihr heute in Etappen?«

»Die anderen haben noch beim … beim Feuer zu tun.«

Matiasek nickte unmerklich. »Und du?«

»Ich wollte zu Loni.«

»Na, dann komm mal rein.« Matiasek gab den Weg frei, und Jannik stolperte ins Wohnzimmer.

»Der König will, dass ihr ins Rotthaus zieht!«, rief er und legte den Lenker vor sie auf den Tisch.

»Niemals!«, antwortete Loni. »Niemals.« Sie betrachtete den Lenker, rührte ihn jedoch nicht an.

»Worum geht es?«, fragte Matiasek, der hinter Jannik eingetreten war.

»Der König wirft uns raus«, sagte Loni. Ihre Stimme zitterte.

»Ach«, murmelte Matiasek.

»Er hat ein paar Leuten die Wohnungen gekündigt«, erklärte Jannik. »Bis sie etwas Neues haben, sollen sie hier einziehen.«

»Mit welcher Begründung?«, fragte der alte Mann.

»Er sagt, er braucht die Wohnungen.«

»Aber in Wahrheit wirft er alle raus, die neu in der Druckerei angefangen haben.«

Matiasek beugte sich vor und nahm Lonis Hand. Das Leder seines Sessels knarzte. Hier knarzt wirklich alles, dachte Jannik.

»So weit ist es also schon«, sagte Matiasek leise. Er sah sie ernst an. »Ihr dürft das nicht so hinnehmen. Sagt euren Eltern, sie dürfen das nicht hinnehmen.«

»Meine Eltern sagen, da kann man nichts machen.«

»Und Mama meint, wenn sie sich wehrt, wird alles nur noch schlimmer.«

Matiasek nickte nachdenklich.

»Und was sagen sie zu dem Feuer?«, fragte Matiasek, aber diesmal klang es, als wüsste er die Antwort bereits.

»Es wird sich alles wieder beruhigen«, meinte Jannik.

»Das glauben sie?« Matiasek nickte. »Ja, das denkt man so. Aber das tut es nicht.«

Mühsam stand Matiasek auf. »Es ist Zeit.«

»Zeit wofür?«, wollte Jannik wissen. Doch Matiasek war bereits auf dem Weg zur Tür.

»Warum waren Sie für Karl kein Freund mehr?« Jannik blieb auf der Schwelle stehen. Matiaseks Augen wurden groß.

»Ich bin einen falschen Weg gegangen«, sagte er leise.

Und in diesem Moment erschien es Jannik, als hätte auch er etwas von dem Staub abbekommen, der sich über die Milchstraße gelegt hatte.

»Welchen Weg?«, wollte Loni wissen.

»Ich habe meinen Freund verraten. Weil ich anderen geglaubt habe. Lange habe ich ihnen geglaubt. Ich war überzeugt, dass sie recht hatten. Darum habe ich Karl verraten. Und das ist nicht wiedergutzumachen. Jeden Tag denke ich an ihn.«

»Was haben die anderen mit ihm gemacht?«

»Ich weiß es nicht«, sagte Matiasek, und in diesem Augenblick schien es Jannik, als stünde der Junge von den Fotos vor ihnen. »Ich habe ihn nie wiedergesehen.«

Ein paar Wochen später war es so weit. Das Rotthaus empfing seine unfreiwilligen Gäste. Es hatte begonnen zu schneien. Jannik, Loni, Kai und Pinar sahen von der Wendeplatte aus zu, wie der König an der Haustür stand und die Wohnungen zuteilte. Einer nach dem anderen kam mit Koffern beladen, als hätten sie keine Möbel umzuziehen oder als wären sie wirklich nur auf der Durchreise, und nahm den Schlüssel entgegen. Fast alle waren einzeln gekommen, zögerlich. Machten sie sich dadurch, dass sie sich fügten, zu Verrätern. Aber Verrätern an wem? An sich selbst, dachte Jannik. An der Gerechtigkeit, für die sie nicht gekämpft hatten. Nun bekamen sie sie. Doch es war die Gerechtigkeit anderer, nicht ihre eigene, mit der sie sich jetzt würden abfinden müssen. Weil sie sich nicht gewehrt hatten. Hätte er sich gewehrt? Er hatte es Loni und Hanne gegenüber behauptet. Aber ob er es an ihrer Stelle wirklich getan hätte? Er wusste es nicht.

Elias stand neben seinem Vater und hakte auf einer Liste ab, wer einen Schlüssel bekommen hatte. Die Adlerbinde trug er sichtbar über der Jacke. Bo lehnte gegenüber an der Spielplatzbank und sah dem Geschehen zu.

»Kommst du, Loni?«, fragte Hanne mit ihrem Schlüssel in der Hand. Sie stand aufrechter, als Jannik sie je erlebt hatte. Als Loni nicht gleich reagierte, drehte sie sich um und verschwand, ohne den König eines Blickes zu würdigen, im Haus.

»Welche Wohnung wird eure?«, fragte Pinar.

»Erster Stock rechts«, sagte Loni. Jannik schluckte.

»Karls Wohnung«, sagte er leise. Loni nickte kaum merklich.

»Ist die Wohnung schön?«, fragte Kai.

»Ist Gras blau?«, konterte Loni. »Die Wohnungen sind alt und verrottet. Was glaubst du, warum das Rotthaus Rotthaus heißt?«

»Äh, weil es in der Rottstraße liegt?«, antwortete Kai.

»Ach was«, murmelte Jannik.

Kai konnte Loni kaum ansehen, ganz anders als Pinar, die so tat, als wäre nichts gewesen.

»Wollen wir hochgehen und uns überlegen, wo eure Möbel hinkommen?«, schlug Jannik vor. »Mir ist kalt.«

»Können wir«, sagte Loni lustlos.

»Komm schon«, versuchte Jannik sie aufzuheitern. »Das wird bestimmt gemütlich. Wir helfen mit, dann kriegen wir das schon wieder hübsch.«

»Mhm«, machte Loni.

Doch als sie die Wohnung betraten, war Jannik sich selbst nicht mehr sicher, ob das hier jemals ein Zuhause werden würde. Wenn es nach dem König ging, sollte es das ja auch gar nicht.

192

Sie gingen durch den Flur. Im Wohnzimmer fanden sie Hanne. Wie eingesunken stand sie da und starrte die Wand an. Ein großer dunkler Fleck prangte darauf.

»Mama.« Loni ging zu ihr und nahm sie in die Arme.

»Und das alles nur wegen dieser Stelle«, flüsterte Hanne. »Es tut mir leid, Loni. Ich werde morgen dort kündigen.«

»Das wirst du nicht!«, bestimmte Loni und machte sich los. »Nicht jetzt. Erst recht nicht!«

»Das ist keine Wohnung. Das ist die Hölle«, flüsterte Pinar, was die Sache nicht gerade besser machte, wie Jannik fand.

»Wir sind Adler, richtig?«, sagte Kai plötzlich entschlossen. »Und die Adler helfen, wo Not am Mann ist. Oder täusche ich mich da?«

»Genau«, stimmte Jannik zu. Doch er war sich nicht mehr sicher.

»Also, wer ist morgen dabei, hier zu streichen?«

»Ich«, sagte Jannik sofort.

»Ich«, sagte Loni natürlich.

Sie sahen zu Pinar. »Ich …«, druckste Pinar. »Ich kann morgen nicht. Ich muss zu meiner Oma.«

»Okay«, sagte Jannik. »Dann fangen wir einfach schon mal ohne dich an.«

Er wusste, Pinar würde auch später nicht kommen. Und Kai?

Kai kam nicht. Hanne hatte alles besorgt, was sie brauchen würden, und am nächsten Nachmittag legten sie los. Trotzdem. Oder erst recht.

»Was hast du erwartet?«, fragte Loni.

Jannik sagte nichts.

Wenn Kai und Pinar sie auch im Stich ließen, so half ihnen Oma Marianna, und auch Janniks Mutter nahm sich den halben Tag frei. Am nächsten Nachmittag mussten sie auf sie verzichten, noch einmal freinehmen konnte sie nicht. Auch Hanne musste wieder arbeiten. Oma Marianna aber kam auch an diesem Tag. Am dritten Tag waren es nur noch Loni und Jannik. Oma Marianna hatte sich den Fuß verknackst, als sie von der Leiter gestiegen war, weswegen es beim Abendessen zu Hause einen heftigen Streit zwischen Opa Paul und ihr gab.

»Warum mischst du dich da auch ein?«, fragte Opa Paul sie, als sie mit hochgelegtem Fuß beim Abendessen saß.

»Weil Hanne eine Freundin ist. Und irgendjemand muss ja mal was tun. Sonst enden wir ...«

»Marianna!«, fuhr Opa Paul dazwischen.

»Und was macht ihr?«, fragte Jannik. Er hatte genug von all dem Reden und Diskutieren. »Ihr habt ja nicht mal Hannes Fahrrad aus dem Feuer geholt.«

Bo, der bis eben schweigend vor sich hin gekaut hatte, hob nun den Kopf.

»Nikkel, du scheinst das nicht verstehen zu wollen.«

Jannik schnappte nach Luft. »Ich will das nicht verstehen? Dann erklär es mir doch einfach. Du hast früher auch alles erklärt, egal, ob ich es wissen wollte!«

Bo legte die Gabel zur Seite. »Du willst eine Erklärung?« Er sah in die Runde. »Na gut.«

Da alle anderen am Tisch mit einem Mal betreten schwiegen, setzte er an. »Es ist ganz einfach, Nikkel. Sieh dich um in der Milchstraße, denk nach, dann findest du die Antwort selbst.« Bo deutete zum Fenster. »Da draußen lief alles gut. Es war schön bei uns. Die Leute haben zusammengehalten. Alle kamen über die Runden.«

»Hanne nicht«, sagte Jannik trotzig. »Und die Graues und Papes und Deikes wohl auch nicht.«

Bo lehnte sich zurück. »Auch die kamen zurecht«, widersprach er. »Vor allem Papes. Das, was sie hatten, war ihnen nur nicht gut genug.«

Am Tisch herrschte angespannte Stille. Warum sagt denn niemand was?, fragte sich Jannik.

»Ach, und du wärst also zufrieden, so wie Hanne dauernd arbeiten zu müssen und nie zu Hause zu sein?«

»Nein, das wäre ich nicht. Aber erstens bin ich nicht Hanne«, sagte Bo. »Und zweitens würde ich darum nicht eine Stelle annehmen, die ein anderer gerade verloren hat. Einer meiner Freunde, um das nicht zu vergessen.«

»Ich weiß nicht, warum ihr das nicht kapieren wollt!«, rief Jannik. »Das hat sie doch gar nicht gemacht. Hanne wusste nichts davon, dass Achim und die anderen rausfliegen!«

»Tja, aber als sie es dann wusste, hat sie da etwas geändert?« Bo hob die Hände, so dass seine Handflächen leer nach oben zeigten. »Und wo ist sie denn überhaupt? Sie kommt nicht mehr her. Also, wenn ihr mich fragt, ist das ein Eingeständnis.«

»Bo, das reicht!«, sagte Janniks Vater. »Wir haben darüber gesprochen.«

Sie hatten darüber gesprochen? Seine Eltern und Bo?

Bo hörte nicht auf.

»Sie weiß es selbst«, sagte er. »Sie weiß, es ist nicht gerecht, was sie getan hat. Und trotzdem macht sie weiter.«

»Und darum ist es also gerecht, dass alle aus ihren Wohnungen fliegen, ja?«, wehrte sich Jannik. Ihm schwirrte der Kopf.

»Dass Klaus König die Wohnungen für sich benötigt, hat damit gar nichts zu tun«, sagte Bo.

»Ach so.« Jannik sprang auf. »Dann ist es also ein Zufall, dass er nur die Wohnungen von Papes und Deikes und Hanne und Graues braucht? Und von ihren Verwandten, die mit der Sache gar nichts zu tun haben? Es ist ja so gerecht, Leute in Schimmelwohnungen zu stecken, nur um sie für etwas zu bestrafen, das gar kein Verbrechen ist.«

Bo lächelte. »Das mag so aussehen. Aber es hat sie niemand gezwungen, ins Rotthaus zu ziehen. Und da siehst du es doch wieder. Sie sind auch nicht fair. Sie nutzen Königs Nettigkeit aus.«

»Bo!«, rief Janniks Mutter.

Jannik platzte beinahe. Egal, was er sagte, Bo drehte ihm die Worte im Mund herum. Hatte er das schon immer gemacht? Er sah sich am Tisch um. »Und ihr? Was denkt ihr?!«, rief er. »Euch ist noch nicht mal aufgefallen, dass Loni nicht da ist. Weil sie nämlich bei Hanne sein will. Damit die nicht alleine ist in ihrer schönen neuen Wohnung!«

Jannik wartete die Antwort nicht ab. Er stürmte aus dem Wohnzimmer.

»Nikkel!«, hörte er Oma Marianna rufen. Aber jetzt war es auch schon zu spät. Er schlüpfte in seine Schuhe, zerrte die Jacke vom Kleiderhaken und schnappte sich seine Schultasche. Hier würde er keine Minute länger bleiben. Lieber übernachtete er im Rotthaus.

Es schneite wieder. Jannik ging die Straße hinunter. Wie leise der Schnee alles werden ließ. Und doch tobte ein Kampf in der Milchstraße. Wir sind keine Freunde mehr, dachte Jannik. Das Rätsel fiel ihm ein. War das in Wirklichkeit der zweite Teil? Ging es nicht nur um Karl? *Der Adler muss wissen, wer sein Freund ist.* Und dann? Wenn er das wusste, suchte er dann nach seinem Feind, wie Elias gesagt hatte? Da müssen wir nicht lange suchen, überlegte er.

»Wir sind unser eigener Feind«, flüsterte er den Schneeflocken zu, die um ihn herumwirbelten. Sogar Bo. Das war am unbegreiflichsten. Ausgerechnet Bo.

Und ich?, überlegte er. Gehöre ich auch dazu?

Wie toll er die Adler gefunden hatte. Und wenn er ehrlich war, fand er sie noch immer gut. Zumindest das, was sie hätten sein können. Eine Gemeinschaft, die anderen half. Freunde für immer. Warum trug er noch immer das blaue Hemd? Und Loni? Warum trug sie es noch? Weil auch sie ein Adler war und einer bleiben wollte. Damit sie etwas gegen all das Grau hatte, gegen den Staub, gegen den Gummigestank des Feuers. Aber Elias war auch ein Adler. Und Kai. Und Pinar.

Ein Windstoß fegte den Schnee vor sich her die Straße entlang in Richtung Wendeplatte. Die war viel heller als sonst. Natürlich. Das Rotthaus strahlte warmes Licht auf sie ab. Matiaseks Lampe war nicht mehr einsam. Dafür waren es die Bewohner des Hauses umso mehr.

Jannik wollte gerade die Haustür öffnen, die trotz der neuen Bewohner noch immer nicht richtig schloss, als er Lärm im Treppenhaus hörte. Ohne zu wissen, warum, sprang er zurück und versteckte sich hinter der Ecke am Hofeingang. Die Tür öffnete sich. Drei Gestalten traten heraus.

»So, das dürfte wohl ein für alle Mal klar sein«, hörte Jannik die größte von ihnen sagen. Elias!

»War das wirklich nötig?«, fragte die, die noch am nächsten bei der Tür war. Kai! Jannik brauchte nicht länger zu lauschen, um zu wissen, dass die dritte Gestalt nur Pinar sein konnte. Er zog sich zurück, um durch den Hof ins

Haus zu gehen, für den Fall, dass die drei noch länger hier vorne herumlungerten. Was meinte Elias? Und Kai? Was war nötig gewesen? Auf einmal kroch ihm die Angst in den Nacken. Nein, sie kroch nicht. Sie überfiel ihn, wie der Adler sich aus großer Höhe auf seine Beute stürzt. Er wartete nicht ab, ob sie noch einmal ins Haus zurückkehren würden, sondern rannte los. Im ersten Stock klingelte er. Hanne öffnete ihm.

»Jannik, was gibt's?«, fragte sie verwundert. »Ihr wart doch schon vor einer halben Stunde verabredet.«

Vor einer halben Stunde? Die Angst lachte in Janniks Gedanken.

»Ja, ich weiß, ich bin zu spät«, sagte er schnell. »Ich musste Mama und Papa erst noch überzeugen.«

Wovon?

»Seid ihr euch denn nicht begegnet?«, fragte Hanne. »Elias, Kai und Pinar haben Loni abgeholt und sich sofort auf den Weg zu dir gemacht.«

»Es schneit«, sagte Jannik rasch. »Vielleicht habe ich sie übersehen.«

»Na, sie sind inzwischen jedenfalls bestimmt schon bei dir. Und du solltest jetzt auch zusehen, dass du dich sputest bei dem Schnee. Sonst findet die Spieleparty ohne dich statt.« Sie zog ihre Strickjacke fester um sich. Ob die Heizung in den Wohnungen funktionierte? Bei Matiasek ging sie jedenfalls.

»Das mache ich«, sagte er. »Tschüss, Hanne.«

Jannik versuchte seine Gedanken zu sortieren. Eine Spieleparty, hatten sie Hanne erzählt? Und Loni? Sie war nicht bei ihnen gewesen. Aber hier war sie auch nicht. Also musste sie noch irgendwo im Haus sein. Das Angsttier in seinem Nacken krallte sich fester.

Jannik hastete die Treppe hoch und klopfte bei Matiasek.

»Jannik«, begrüßte der ihn, als er nach Minuten, die Jannik wie Stunden vorkamen, die Tür öffnete. »Was treibt dich denn um diese Uhrzeit her? Und bei diesem Wetter?«

»Ich …«, begann Jannik, »ach, schon gut. Danke, habe mich im Stockwerk geirrt.«

Er hastete die Treppe weiter hinauf.

»Na dann. Schönen Abend noch«, rief Matiasek ihm nach, ehe er die Tür schloss. Im vierten Stock hielt Jannik inne. Aus der rechts gelegenen Wohnung drang Lärm. Leise öffnete er die Tapetentür und schob sich durch den Spalt. Die Tür quietschte, wie eh und je. Doch heute erschien es ihm besonders laut. Vorsichtig schloss er sie und kletterte die Stiege empor. Auf der letzten Stufe blieb er stehen und horchte erneut. Im Treppenhaus war es nun still. Doch aus dem Adlerhorst meinte er ein leises Geräusch zu hören. Es war dunkel hier oben. Und eiskalt.

»Loni?«, fragte er leise, während er sich mit kleinen Schritten vorwärtsarbeitete. »Loni, bist du hier?«

Ganz schön unheimlich, ohne Licht hier herumzustiefeln, aber für solche Gedanken hatte Jannik jetzt keine Zeit. Er tastete nach den Abteiltüren auf der linken Seite des Ganges. Da, er hatte sie. Das Holz war rau, doch es wies ihm den Weg. Das Geräusch wurde mit jedem Schritt lauter. Ohne Zweifel, es kam aus ihrem Nest.

»Loni, ich bin's«, flüsterte er. »Ich komme.«

Er hatte die Tür erreicht. »Ich bin alleine«, erzählte er dem Holz. Dann öffnete er die Tür.

Auch hier war es dunkel. »Loni, hörst du mich?«

Niemand antwortete. Dafür vernahm Jannik ein Geräusch.

»Loni?«

Ein Kratzen. Allmählich gewöhnten sich seine Augen ein wenig an die Dunkelheit. Er erkannte die Umrisse der Kisten, die Hängematte.

»Jannik.«

Es klang dumpf.

»Loni, ich bin hier. Ich stehe neben der Hängematte. Wo bist du?«

»Hinter dem Regal«, schniefte sie.

»Hinter welchem Regal?« Jannik horchte. Ihre Stimme kam von rechts. Ja, dort stand ein Regal an der Wand.

»Bist du sicher?«, fragte er.

Ein weiteres Schniefen war die Antwort.

»Hier ist ein Raum. Sie … Elias … hat ihn abgeschlossen«,

flüsterte sie, als Jannik sich dem Regal näherte. Er stieß mit dem Fuß an eine der herumstehenden Kisten.

»Au, blöde Adlerkacke!«, schimpfte er leise. Es half nicht. Die Angst hatte ihn fest in den Klauen. Lediglich Lonis Stimme und die Gewissheit, dass sie hier irgendwo war, hielten ihn davon ab, auf der Stelle das Weite zu suchen.

»Abgeschlossen? Ich sehe noch nicht mal eine Tür«, sagte er. Natürlich nicht, er konnte ja gerade eben das Regal erahnen.

»Das Regal steht davor«, sagte Loni. Sie atmete schwer.

»Kriegst du Luft da drin?«

»Ja«, sagte sie leise.

»Ich hol Hilfe.«

»Aber nicht Mama.«

»Wen denn dann?«, fragte Jannik. »Meine Eltern?«

»Nein«, sagte Loni von jenseits der Wand. »Die erzählen das sofort allen anderen.«

»Was soll ich denn machen?«, fragte Jannik.

»Schieb das Regal zur Seite.«

Jannik versuchte es. »Das … das geht nicht. Es ist zu schwer.« Die anderen waren zu dritt gewesen, überlegte Jannik. Er hätte nichts lieber getan als seine Eltern geholt. Doch er hatte keine Wahl und stemmte sich mit aller Kraft wieder gegen das Regal. Er schob und zerrte, und schließlich rutschte es ein Stück zur Seite. Er tastete die Wand ab.

»Es gibt ein kleines Schloss, keine Klinke«, flüsterte Loni.

»Warte, ich helfe dir.« Auf einmal erschien ein winziger Lichtpunkt mitten in der Wand. Er fiel durch das Schlüsselloch, das Jannik suchte.

»Hast du Licht da drin?«, fragte er.

»Wie klug du bist.« Hatte Loni gekichert? Nein, wohl eher nicht.

»Ich habe keinen Schlüssel. Liegt der hier irgendwo?«

»Ich weiß es nicht«, gab Loni zu. »Elias hatte ihn. Es ist der zweite Schlüssel aus Bos Rätseln.«

»Bo? Bo ist schuld, dass du dadrin hockst?«

Jannik wurde schlecht. Dabei hätte er es sich denken können.

»Ich glaube nicht, dass Bo wollte, dass hier irgendwer eingesperrt wird«, sagte Loni. »Zumindest am Anfang nicht. Jetzt ... Wer weiß? Aber wenn du mich hier nicht bald rausbekommst, friere ich mir den Hintern ab.«

»Ja, bloß wie soll ich das machen? Es ist stockdunkel, und dein bisschen Licht reicht nicht aus, um in all unseren Sachen hier oben den Schlüssel zu finden.«

Loni schniefte. »Die Notfallkiste.«

»Die Notfallkiste?« Die hatten sie auf dem Mars stets neben dem Eingang aufbewahrt. Für den Fall, dass die Aliens sie überraschten und sie sofort reagieren mussten. Allerlei Werkzeug, wie sie damals dachten, brauchbare Sachen zur Alienabwehr und sonstiger Krimskrams hatten sich darin angesammelt.

»Neben der Tür«, sagte sie.

Seit sie Adler waren, hatten sie sie nicht gebraucht. Sie hatten sie dennoch dort positioniert, für den Fall der Fälle.

»Dadrin ist der Schraubenzieher, den du für den Code benutzt hast. Du musst das Schloss aufbrechen.«

»Aufbrechen? Das klappt doch nie.«

»Das ist uralt, Jannik, natürlich klappt das.«

Na, wenn Loni das sagte ... Er tastete sich durch den Raum zurück zur Tür. Seine Finger waren steif vor Kälte, und es dauerte ein wenig, bis er die Kiste geöffnet und den Schraubenzieher gefunden hatte.

»Und jetzt?«, fragte er, als er wieder bei der verborgenen Tür angelangt war.

»Steck ihn ins Schloss und knack das dumme Ding einfach«, sagte Loni. Jannik glaubte ihre Zähne klappern zu hören.

Er hatte noch nie ein Schloss geknackt, aber als er hörte, wie das Holz nachgab und rund um das Schloss splitterte, fühlte er sich, als wäre er der geborene Einbrecher. Die Tür ging nach außen auf. Loni stand vor ihm, im Schein ihrer Taschenlampe. Eine tiefe Schramme lief quer über ihr Gesicht. Ihre Jeans war zerrissen, ihr Pulli total verdreckt, die Jacke auch, soweit er es im Licht der Taschenlampe sehen konnte. Der Adlerbutton war halb heruntergerissen. Der Vogel sah aus, als wäre ihm schlecht, so schief hing er mit einem letzten Rest seiner Kraft an dem Stoff.

»Loni. Was haben die gemacht?«

Loni weinte.

»Elias. Er …« Sie schniefte, und Jannik wünschte, es wäre ihre Stauballergie. »Ich bin kein Adler mehr.«

»Erstens hat er das nicht zu entscheiden. Und zweitens: WAS HABEN DIE MIT DIR GEMACHT?«

Loni sah aus wie von einem Alien ausgespuckt, da war es ja wohl vollkommen egal, ob Elias fand, sie sei noch ein Adler oder nicht.

»Sie haben mich abgeholt.« Loni wischte sich die Nase an ihrem Ärmel ab. »Sie haben gesagt, es gäbe eine Spieleparty bei dir. Bo hätte endlich ein neues Rätsel für uns.«

»Und das hast du geglaubt? Ich meine, nach allem?«

Loni nickte kleinlaut. »Ich wollte es so gerne. Außerdem klangen sie so aufgeregt, und ich dachte …«

»Du dachtest, Elias hat es sich endlich anders überlegt, und alles ist wie früher.«

Sie lehnte sich gegen die Wand und rutschte an ihr hinunter. Wie ein winziges Häuflein Elend saß sie da. Jannik blickte sich in dem kleinen Raum um. Die Rückwand, an der Loni lehnte, war aus Stein. Jannik sah rauen Putz, an einer Stelle musste die Wand einmal feucht geworden sein. Ein dunkler Fleck erinnerte noch daran. Die Schräge zu Janniks linker Seite war größtenteils aus Holz, durch die Balken konnte man die Dachziegel erkennen. Ein winziges Fenster, na ja, eher ein Guckloch, war darin eingelassen, nicht zu vergleichen mit der Luke vorne im Adlerhorst. Die Wand auf der rechten Seite bestand, ebenso wie die Wände der Abteile draußen, aus Holzlatten. Anders als diese jedoch war die Wand hier drin mit einem groben Stoff bespannt, der an einen Kartoffelsack erinnerte. Jannik konnte verblasste Schrift darauf erkennen, lesen jedoch konnte er sie nicht, aber es erklärte, warum das Licht von Lonis Taschenlampe nur durch das Schlüsselloch zu ihm nach draußen gedrungen war und nicht auch durch die Ritzen zwischen den Latten.

»Sie haben dich hier raufgelockt und dich verprügelt!«, sagte Jannik. Loni machte etwas, das aussah, als könnte sie sich nicht entscheiden, ob sie den Kopf schütteln sollte oder nicken.

»Ja«, wisperte sie. »Um mir ein für alle Mal klarzumachen, dass ich nicht mehr dazugehöre.«

Das also hatte Elias gemeint.

»Und sie haben …« Loni beendete den Satz nicht. Stattdessen stand sie auf. »Nimm die Taschenlampe«, wies sie Jannik an.

»Und dann?«, fragte er. Was sollte das denn jetzt werden?

»Leuchte!« Loni drehte sich um. »Auf meine Jacke.«

Jannik tat, was sie sagte. Und ihm wurde schlecht. Auf Lonis Rücken prangte ein B. Ein B mit einem roten Ausrufezeichen!

»Was soll das heißen?«, fragte Jannik. Doch er wusste

es bereits, und der Gedanke pulsierte in seinem Kopf, im Rhythmus mit der klopfenden Angst.

»B wie Beute«, sprach Loni ihn aus.

Und in dieser Sekunde geschah etwas Seltsames. Die Angst ließ ihn los. Aber da trat keine Erleichterung an ihre Stelle. Da war nichts. Nichts und doch nicht nichts. Denn die Angst war nicht verschwunden. Sie verließ den Raum, wobei sie ein klein wenig von sich abstreifte, ging durch den Adlerhorst, den Bodengang entlang und die Stiege hinunter. Sie lief durchs Treppenhaus, hinterließ an jeder Tür ihre Spuren und machte sich schließlich auf den Weg durch die Straße. Und da begriff Jannik, dass sie diesen Weg nicht zum ersten Mal nahm. Seit Monaten wanderte die Angst zwischen den Häusern herum, schaute hier zur Tür rein, winkte dort durchs Fenster. Sie hatte sich längst festgesetzt, und die Bewohner der Milchstraße waren an sie gewöhnt wie an einen alten Freund.

Nicht hier und nicht dort

»Was ist das hier?«, fragte Jannik. Loni hatte den Kopf gegen den uralten Stoff gelehnt, genau neben einem dunklen Punkt. Ein Brandfleck, schoss es Jannik durch den Kopf. Es gab noch mehr davon.

»Ein Versteck«, sagte Loni.

»Nein, ich meine, was ist es wirklich?«

»Ein Versteck«, wiederholte sie und deutete auf einen Stapel neben der Tür.

»Bücher?«, fragte Jannik. Loni nickte. »Ein paar. Es sind auch Fotos dabei.« Jannik ging hinüber und nahm die Bilder.

»Hatte Bo das Foto hier her?«

Loni schniefte. »Ich schätze …«

Auf den Bildern waren Otto und Karl zu sehen. Auf den Schienen, im Hof. Auch Karl und seine Eltern gab es, mal Karl alleine, dann wieder eines mit ihm und Otto, in einer Reihe mit anderen stehend, die Füße eng beieinander, die Arme am Körper. Nun trugen sie beide die Uniformen mit dem Adler und der Binde. Jannik drehte das Foto um. Auf der Rückseite war eine Aufschrift in verblassten Druckbuchstaben.

»*Hitlerjugend 1939*«, las er.

»Das hier steckte unter dem Stoff neben der Tür.« Loni gab ihm ein Notizbuch. Es sah genauso aus wie die aus der Kiste. Und doch auch wieder nicht. Der Adler saß nicht mehr. Er war im Flug gezeichnet. Den Hauptteil des Bildes machte sein aufgesperrter Schnabel aus, in den man direkt hineinblickte. Doch Jannik entging nicht, was am unteren Bildrand geschah. Der Adler hatte seine Beute gepackt.

»Gruselig«, flüsterte Jannik.

»Als würde unser Adler genau in die Mitte gehören«, sagte Loni.

Jannik nickte. Der Adler auf den Büchern in der Kiste wartete, er war der, den Karl und Otto an ihrem Hemd trugen. Ihrer flog. Er hatte die Beute schon entdeckt. Und dieser hier …

»Ich glaube, jetzt haben wir Bos letztes Rätsel gelöst«, flüsterte Jannik. »Das war es, was er wollte. Er wollte, dass wir diesen Raum hier entdecken.«

»Aber warum?«, fragte Loni. »Damit das alles passiert?«

»Ich weiß nicht. Nein. Das kann nicht sein.«

Konnte es nicht?

Jannik betrachtete die übrigen Bilder. Ein paar davon sahen dem, das Bo ihnen in der Kiste hatte zukommen lassen, zum Verwechseln ähnlich. Und doch waren sie anders. Wenn man sie nebeneinanderlegte, ergaben sie eine Art

Daumenkino. Matiasek und Karl balancierten die Gleise entlang und lachten. Es sah aus, als spielten sie Fangen. Auf dem letzten Foto kullerten sie ineinander verknotet über den Hof. Trotz seines zu kurzen Arms schien Karl bei der Rangelei die Oberhand zu haben.

»Die beiden waren wirklich beste Freunde. Warum das wohl aufgehört hat?«, überlegte Jannik.

»Hat Matiasek doch gesagt. Er hat ihn verraten.«

»Ja, aber wieso? Was hat Karl gemacht?«

Loni schnaubte bitter. »Vermutlich überhaupt nichts. Es hat wohl ausgereicht, dass er nicht so war wie die anderen. Und das ist es, was Freunde eben so tun, nicht wahr? Sie machen einen zur Beute. Wahrscheinlich hat Karl sich hier vor ihnen versteckt.«

Sie richtete die Taschenlampe auf eine Matratze, die in der Ecke lag. Ein abgewetzter Teddy saß am Kopfende, den Rücken an die Wand gelehnt. Über ihm hing, mit einem Nagel festgepinnt, eine Zeichnung. »Der Hof«, erkannte Jannik. »Wie auf den Fotos, mit dem Bahnhof.« Auf den Schienen stand eine Straßenbahn. Sie war bis auf den letzten Platz voll mit Menschen. Eine Menge Koffer lagen am Bahnsteig und auf dem Hof.

»Da oben.« Loni zeigte auf das Dach des Rotthauses. Dort steckte jemand den Kopf durch die Luke.

»Karl«, sagte Loni.

»Ganz bestimmt.«

Loni pustete sich in die Hände.

»Wir sollten gehen«, sagte Jannik. »Es ist viel zu kalt hier oben.«

»Und wenn sie zurückkommen?«, fragte Loni.

»Was dann? Dann bist du eben nicht mehr da.«

»Ja, aber …« Loni hielt inne.

»Aber was?«

»Wenn sie zurückkommen und sehen, dass ich weg bin, ist klar, dass du mich befreit hast.«

»Und?«

»Verstehst du das nicht? Dann hat es funktioniert. Dann wissen sie, dass ich Angst vor ihnen habe. Und du auch. Dann hören sie nie auf. Ich will nicht, dass sie denken, sie hätten gewonnen.«

»Du redest wie deine Mutter.« Jannik sah sie an. Kreidebleich, verheult, schniefend. »Und es stimmt außerdem nicht. Denn sie haben schon gewonnen.«

Loni schüttelte den Kopf. »Wenn du das wirklich denkst. *Dann* haben sie gewonnen.«

»Und was willst du tun?«

»Ich bleibe heute Nacht hier. Bring mir deinen Schlafsack und Tee.«

»Du willst dich verstecken? Aber was soll das bringen?«, fragte Jannik.

»Wir drehen den Spieß um. Du musst dafür sorgen, dass alle wissen, dass ich verschwunden bin.«

»Dann suchen sie dich«, sagte er.

»Das werden sie. Und das sollen sie auch.«

»Und was ist daran anders, als wenn ich dich gesucht habe?«

»Alles«, sagte Loni. »Sie können wegschauen, wenn Räder brennen. Oder wenn Leute umziehen müssen. Auch, wenn jemand nicht mehr ins Café darf. Aber wenn ein Kind verschwindet, können sie es nicht mehr.«

»Aber das Schloss ist geknackt. Man sieht, dass du nicht eingeschlossen bist.«

»Schieb das Regal davor. Dann bin ich es.«

»Ich kann dich doch nicht wirklich wieder einsperren«, widersprach Jannik.

»Kannst du. Und jetzt geh schon.«

Sie schob ihn aus dem Versteck und schloss die Tür.

»Du kannst es machen oder lassen. Aber ich bleibe hier«, sagte Loni dumpf. Und Jannik wusste, sie meinte es ernst.

»Du nervst, Loni Kurz«, flüsterte er und machte sich daran, das Regal zurück an seinen Platz zu schieben.

Dann verließ er den Dachboden, um seinen Auftrag auszuführen. Zuerst machte er sich auf den Weg zu Elias.

»Jannik«, begrüßte ihn die Königin verwundert. Sie trug einen Bademantel und hatte eine dicke Cremeschicht im Gesicht.

»Ist Loni hier?«, fragte er.

»Loni? Nein. Ist etwas passiert?«

»Sie ist nicht zu Hause«, antwortete er knapp.

»Ach so?«, fragte die Königin. Sie klang nicht, als würde sie das sonderlich beunruhigen.

Aus der Wohnung drang ein Geräusch. Die Königin sah sich um und schob die Tür ein wenig weiter zu.

»Loni ist bestimmt auf dem Weg zu dir. Vielleicht habt ihr euch verpasst. Darum solltest du jetzt auch wieder gehen. Bei dem Wetter ...«

Sie lächelte ihn an, wie sie es immer tat, aber Jannik sah, dass es sie Mühe kostete.

»Ist Elias da?«, fragte er.

Das Lächeln der Königin verschwand. »Es ist spät, Jannik. Gute Nacht.« Damit schloss sie die Tür.

Jannik stand da und guckte auf das weiße Holz. Dann stieß er einen Adlerschrei aus und lief die Treppe hinunter. Wenn Elias zu Hause war, wusste er jetzt wenigstens Bescheid.

Als Nächstes ging er zu Kai. Doch auch hier wurde er abgewiesen.

»Geh nach Hause, Jannik«, sagte Luisa wie die Königin.

»Willst du reinkommen?«, fragte dagegen Pinars Mutter. Aber Jannik wollte nicht. »Ich suche lieber weiter«, sagte er und lief die Treppe hinunter. Gerade als er das Haus verließ, hörte er oben Pinars Stimme. »War das Jannik?«, fragte sie.

»Ja, er sucht Loni«, sagte ihre Mutter.

»Oh, ist sie denn nicht bei ihm?«, fragte Pinar. Dann schloss sich die Tür.

Jannik stapfte durch den Schnee nach Hause.

»Jannik!«

Seine Mutter stürzte in den Flur. »Da bist du ja wieder! Hör mal, wegen vorhin …«

Er unterbrach sie. »Ich bin gleich wieder weg. Und das ist Loni übrigens auch. Sie ist verschwunden.«

Damit ließ er sie stehen.

Mit Tee und Schlafsack kehrte er ins Rotthaus zurück. Er zögerte, als er bei Hanne vorbeikam. Sollte er ihr Bescheid geben? Sollte sie nicht wissen, dass es Loni gutging? Jannik lief weiter. Hanne würde es seiner Mutter erzählen und die vielleicht Opa Paul. Oder Bo.

Vielleicht könnte er wenigstens Matiasek einweihen, dachte er. Die Wohnungstür im zweiten Stock war zu, wie seit dem Herbstfeuer eigentlich immer. Sperrte Matiasek die Welt aus? Oder schloss er sich ein?

Jannik klopfte nicht an. Er brachte Loni den Schlafsack und den Tee. Dann verließ er das Versteck. Und in dieser Nacht stand die Druckerei in der Rottstraße zum ersten Mal seit Jannik denken konnte still.

Ich bin ein Adler! Endlich. Sie sagen,
bei den Adlern geht es vor allem darum,
zusammenzuhalten. Abenteuer zu erleben.
Den Menschen zu helfen, die sich selbst
nicht helfen können. Ist das nicht toll?

Jannik ließ die mit der Schreibmaschine geschriebenen
Seiten sinken und sah zur Wand. Der alte Stoff, die Brand-
flecken. All das schien ihm inzwischen so vertraut, als wäre
das hier sein Versteck. Jeden Tag kam er hier rauf. Seit Loni
fort war. Als würde sie hier auf ihn warten.

Der Eintrag aus Karls Tagebuch war mit *13. Januar 1938*
überschrieben. Aus der gleichen Zeit musste auch das Foto
stammen, das Matiasek an dieser Stelle dazugeheftet hatte.
Karl und Matiasek. An Karls elftem Geburtstag. Sie strahlten
in die Kamera, und Karl hielt die Adlerbrosche in der Hand.

Jannik las weiter.

Die Leute in unserer Straße freuen sich,
wenn wir kommen. Wenn wir da sind, während
sie ihren Bohnenkaffee trinken.

Bohnenkaffee, dachte Jannik. Karl und Otto hatten mit den Menschen Kaffee getrunken. So wie sie so viele Jahre später mit Otto. Ob er sich daran erinnert hatte, als sie das erste Mal bei ihm vor der Tür gestanden hatten?

Ein paar Tage später hatte Karl geschrieben:

Morgen ist es eine Woche her, dass ich
offiziell aufgenommen wurde. Ich weiß, dass
ich das nur Otto zu verdanken habe. Er hat
sich eingesetzt für mich, wegen meines Arms.
Aber er hat gesagt, ohne mich macht auch er
nicht mehr mit. Otto Matiasek ist eben ein
echter Freund.

Nach diesem Eintrag fehlten einige Monate, in denen Karl wohl nicht Tagebuch geschrieben hatte. Dann berichtete er, dass er beim Wettklettern ein Abzeichen bekommen hatte.

Ich! Man stelle sich das vor! Mit meinem
Arm war ich trotzdem der Schnellste. Jeden
einzelnen der Kameraden habe ich abgehängt.
Auch bei den anderen Übungen habe ich nicht
schlecht abgeschnitten. Das ist aber auch
das Einzige, was ich Gutes zu berichten
habe. Vater hat seine Anstellung bei der
Straßenbahn verloren. Auch andere wurden
entlassen. Die Bahn steht seitdem still am

Bahnsteig neben dem Haus. Nun haben wir
Adler richtig zu tun. Die Menschen sind wie
gelähmt. Sie schaffen es nicht mehr, ihren
Tag gut hinter sich zu bringen. Aber wir
springen ein. Das ist für uns Ehrensache.
Gestern erst haben wir in der Nummer 4 die
Tür repariert.

Jannik starrte auf die stoffbespannte Wand. »Ehrensache«,
murmelte er.

Der Staub tanzte in dem matten Lichtschein, der durch
die Luke vorne hereindrang. Wie es Lonis Stauballergie
wohl ging?

»Vermutlich ist sie weg«, sagte Jannik laut. So wie Loni
selbst. Hanne und sie waren umgezogen. Kurz nach dieser
Nacht.

Zwei Monate war es her, dass die ganze Straße nach Loni
gesucht hatte. Die Nacht hindurch und bis zum nächsten
Nachmittag. So lang hatte es gedauert, bis Elias, Kai und
Pinar Loni befreit hatten. Erst hatten sie so getan, als hätten sie sie durch Zufall gefunden. Jannik und Loni hatten
es nicht richtiggestellt. Doch dass Loni verprügelt worden
war, konnten sie nicht verheimlichen. Und so kam schließlich doch alles heraus. Wer schuld an Lonis Verschwinden
gewesen war. Kai und Pinar hatten sich bei ihr entschul-
digt. Elias nicht.

Jannik sah wieder auf die Seiten in seiner Hand.

Heute hatten Otto und ich Streit. Weil ich
nicht mithelfen wollte, die Koffer zur
Straßenbahn zu bringen. Sie fährt wieder.
Aber nicht für alle. Zuletzt war sie voll
mit Juden aus der Straße. Sie müssen weg,
sagt Otto. In andere Wohnungen. Das ist ein
neues Gesetz von ganz oben.
Otto findet das richtig. Aber ich glaube, er
findet es nur richtig, weil Hans es sagt.
Hans ist unser Gruppenleiter, und Otto hat
schon immer zu ihm aufgesehen, dabei ist er
nur ein paar Jahre älter.

»So wie Bo«, murmelte Jannik. Auch Bo war fort.

Tagelang hatten seine Eltern und die Großeltern im Wohnzimmer gehockt und versucht, mit ihm zu reden. Doch
alles, was seine Eltern sagten, klang so, als wäre Bo bloß an
irgendeiner Kreuzung ganz zufällig falsch abgebogen.

Aber das war er nicht, oder?

»Hast du das von Anfang an geplant?«, hatte Jannik ihn
gefragt, als er mit Bo in dessen leerem Zimmer gestanden
hatte. Kurz bevor sein Bruder ging und nicht zurückkam.
»Alles? Das mit dem Versteck? Das mit Loni?«

Bo hatte nicht geantwortet, doch Jannik hatte nachge-
hakt. »Sollten die Adler so werden, so –« Böse? War das das
richtige Wort? Er wusste es nicht.

218

»Nein«, hatte Bo gesagt. »Aber sie *sind* es geworden.«

»Warum hast du das zugelassen?«

»Ich?«, fragte Bo hart. »Habe ich euch zu irgendetwas gezwungen?«

»Nein«, sagte Jannik.

Es war nicht ganz die Wahrheit. Aber es war auch nicht falsch.

Es gehen noch mehr Leute. Der Hof ist voller
Koffer. Die Straßenbahnen sind zu voll, um
sie mitzunehmen.
Vorhin hat Otto gesagt, ich solle aufpassen.
Wegen des Arms. »Warum?«, habe ich ihn
gefragt. »Pass einfach auf«, hat er
geantwortet. »Sonst nimmt die Bahn auch dich
mit.«
Ich weiß nicht, warum er das denkt. Ich bin
ein Adler, darauf kommt es an, oder?

Um die Adler war es bei all den Diskussionen zwischen Bo und Janniks Eltern nie gegangen. Nur um die Sache beim Herbstfeuer. Und um Loni, natürlich.

Bo jedenfalls war nicht abgewichen. Er war überzeugt, dass Achim richtiglag. Dass auch er richtiglag. Die Gerechtigkeit war noch immer sein Antrieb. Jannik fragte sich, ob das sein konnte, dass es mehr als nur eine Art von Gerechtigkeit gab. Bo verschwendete darauf keinen Gedanken.

Er ging seinen Weg weiter. Und der führte ihn weg von zu Hause. Drei Wochen nach der Sache mit Loni und dem Dachboden war er ausgezogen. Er wohnte jetzt irgendwo mit Katha zusammen – und hatte sich seitdem zu Hause nicht mehr gemeldet.

Vater hat uns ein Versteck gebaut. »Warum sollen wir uns verstecken?«, habe ich ihn gefragt. »Weil es nicht nur um die Religion geht«, hat er geantwortet. »Worum geht es dann?«, habe ich gefragt. Da hat er mich bloß lange angesehen. Dann hat er auf meinen kurzen Arm gezeigt und gesagt: »Um dich. Du bist anders. Das reicht ihnen aus. Menschen wie du sind nur Menschen zweiter Klasse für sie. Sie sind das A, verstehst du? Und du bist bloß das B. Ein B wollen sie nicht unter sich haben. Es muss weg.« »In eine andere Wohnung?« »Nein«, hat Vater gesagt. »Weg.«
Ich glaube das nicht. Ich muss mit Otto darüber sprechen.

»Das A und das B«, flüsterte Jannik. »Der Adler und die Beute.« Die Buchstaben verschwammen vor seinen Augen.

Er vermisste Bo. Das Einzige, was von ihm übrig war, war MLK. Der hing nun über Janniks Bett, verdeckte die

Leuchtsterne. »Den alten Bo«, flüsterte Jannik. »Den vermisse ich. Nicht den neuen. Nicht Boris.«

```
Otto sagt es auch. Ich bin bloß das B. Mein
Arm macht mich dazu. Otto meint, ich solle
lieber nicht mehr zu den Treffen kommen.
»Nicht wegen mir, verstehst du?«, hat er
sich herausgeredet. »Es ist wegen ihnen. Vor
ihnen musst du auf der Hut sein.« Wen genau
er damit meint? Die Politiker. Die, die die
Gesetze machen. Und das Volk. Die, die sie
befolgen. Aber das tun wir doch auch, sind
wir nicht auch das Volk?
Heute Nacht werden wir uns verstecken.
Ich darf es niemandem verraten. Aber Otto
habe ich es erzählt. Er muss doch Bescheid
wissen.
```

Elias vermisste Jannik ebenfalls nicht. Auch von ihm hatte er nichts mehr gehört. Die Königs waren weggezogen, genau wie Loni und Bo. Die Wohnungen gehörten ihnen noch. Und sie brauchten sie auch noch immer für sich selbst.

Es hatte eine Weile gedauert, bis Jannik wieder mit Kai und Pinar gesprochen hatte. Aber irgendwie waren sie alle drei übrig geblieben, jeder auf seine Weise. Das hatten sie gemeinsam.

Jannik blätterte zu Karls letztem Eintrag. Er bestand nur aus vier Zeilen. Jannik las sie. Dann legte er sie beiseite. Das Heft, aus dem Matiasek sie für ihn abgeschrieben hatte, behielt er in der Hand. Karls letztes Tagebuch.

Karl war nie zurückgekommen.

Er nahm den Teddy von der Matratze und betrachtete ihn einen Moment lang. Dann pustete er kräftig in das braune Fell und sah den aufstiebenden Staubkörnern beim Tanzen zu.

Die Adler sind da. Sie haben uns gefunden.
Was werden sie mit uns machen?
Ich höre sie. Durch die Wand. Sie stehen
genau hier. Vor der geheimen Tür. Otto ist
dabei. Das kann nicht sein. Otto ist mein
Freund.

ENDE

Nachwort

Die *Hitlerjugend*, der Otto und Karl angehören, war während des Dritten Reichs die Jugendorganisation der Nationalsozialisten. Ihr gehörten nur Jungen an. Für die Mädchen gab es damals den *Bund Deutscher Mädel*.

Zunächst war die Mitgliedschaft freiwillig, 1939 wurde sie zur Pflicht. Nur kranke Kinder, Kinder mit Behinderungen und jüdische Kinder waren von dieser Pflicht ausgenommen, ihnen war es verboten, Mitglieder zu werden. Die Hitlerjugend versprach den Kindern Abenteuer. Sport, Spiele und Wettkämpfe lockten sie ebenso wie das Gefühl der Zusammengehörigkeit. Doch unter diesem Deckmantel ging es in der Hitlerjugend darum, die Kinder im Sinne des Nationalsozialismus zu erziehen, ihre Gedanken zu kontrollieren und sie auf den Kriegsdienst vorzubereiten.

Menschen, die nicht in das nationalsozialistische System passten, sei es, weil sie geistige oder körperliche Behinderungen hatten, psychisch erkrankt waren, einen anderen Glauben oder eine andere politische Auffassung hatten, wurden zur Zeit des Nationalsozialismus im Deutschen Reich (so hießen Deutschland und alle von den Deutschen besetzten Gebiete damals) verfolgt. Es begann damit, dass sie nicht mehr dieselben Rechte hatten wie andere. Sie wurden zum Beispiel aus ihren Wohnungen vertrieben, verloren ihre Arbeit und durften nicht mehr ins Kino oder in Cafés gehen. Später mussten viele von ihnen Zwangsarbeit leisten und wurden in Lager gesperrt, in denen sie an Unterernährung oder Krankheiten starben oder sogar gezielt umgebracht wurden.